A ROOM OF ONE'S OWN

一间自己的房间

（英）弗吉尼亚·伍尔夫——著

董灵素——译

华中科技大学出版社
http://press.hust.edu.cn
中国·武汉

弗吉尼亚·伍尔夫

"女性独立清醒之书":
《一间自己的房间》

《一间自己的房间》(*A Room of One's Own*)是20世纪西方女性主义文化与文学研究先驱、英国意识流小说大师弗吉尼亚·伍尔夫(Virginia Woolf, 1882—1941)的著名随笔作品,中文亦常译为《一间自己的屋子》。

1928年10月20日和26日,伍尔夫应邀前往剑桥大学的纽汉姆女子学院和格顿女子学院,发表了以"女性与小说"为主题的两次演讲。此时的伍尔夫已因实验性的短篇小说《墙上的斑点》《丘园记事》,和长篇小说《远航》《夜与日》《雅各的房间》《达洛卫夫人》《到灯塔去》等等,成为英国现代主义文坛上一颗耀眼的新星。作为冲破了维多利亚时代的男权文化对"家庭天使"的重重围困,终于在"布鲁姆斯伯里圈子"自由的精神氛围中获新生的青年知识女性,在这两次演讲中,伍尔夫对英国文学中的女性传统进行了钩沉,追溯了温奇尔西夫人安妮·芬奇和玛格丽特·卡文迪许公爵夫人的诗歌、多萝西·奥斯本的书信、阿芙拉·贝恩的剧作,以及18世纪以来的女性小说等对于刷新既有文学史的重要意义,体现出具有鲜明女性意识的历史观与文学观。1929年3月,深为自己的观点所激动的伍尔夫对两次演讲进行了合并,以《女性与小说》为题发表于美国《论坛》杂志。1929年10月,在对《女性与小说》进一步修改、补充的基础上,她以《一间自己的房间》为题,出版了演讲稿。

作为天才小说家的伍尔夫,即便是在写作随笔或评论性文字时,依然偏好运用打比方、讲故事的方式展开,一方面娓娓道来、形象可感,另一方面特别易于将读者带入作家预设的情境之中,理解与接受其观点。《一间自己的房间》即记录了"我"作为女性的代言人两天以来在牛桥大学、大英博物馆和回到自己的房间之后面对书架的所见、所思与所感,观点和论据相互交错,互为补充和印证,逐层推进,使得这一论辩性著作的文学性、可读性大大增强,故而面世后深受读者欢迎。

随笔分为六章。第一章为叙述人"我"在牛桥的经历。"牛桥"(Oxbridge)抽取剑桥和牛津这两个单词的各一半拼合而成,是对英国最著名的高等学府牛津大学、剑桥大学的滑稽模仿,因为在伍尔夫看来,它们是最具代表性的、由男性把持并服务于父权中心意识形态的教育学术机构。"我"因女性身份既没有资格在"牛桥"的草坪上行走,又被图书馆的看门人拒于门外。两次被拒斥的经历,象征了女性被隔绝于高等教育的权威机构之外,成为社会资源与文化遗产的"局外人"的可悲处境。随后,"我"又亲身体验了男子学院丰盛的午餐与女子学院寒碜的晚餐的区别，由男子喝酒、女子喝水的现实产生了对两性处境、地位的思索，引出了经济实力与接受教育的权利和从事艺术创作之间的关系等问题。

进入第二章，为了索求上述问题的答案，"我"走进了大英博物馆借阅图书，却失望地发现虽然有关女性的书籍汗牛充栋，却均出自男性之手，而且充满了情绪化的偏见。女性无法书写自我，只能成为男性笔下的客体，并以弱者的身份成为反衬男性优越的工具性存在。无论在文学想象中她多么尊贵无比，在现实中她却实在是微不足道。诗卷中，她的身影无所不在；历史中，她却默默无闻。小说中，她主宰了帝王和征服者们的生活；现实中，只要男人的父母强使她戴上一枚戒指，她便成了那个男人的奴隶。文学中，时时有一些极其动人的言辞、极其深刻的思想自她口中而出；现实生活中，她却往往一不会阅读，二不会写字，始终是丈夫的附庸。

第三章中，"我"回到自己的房间，通过阅读历史和诗歌，对历史的阐释权和书写权掌握在男性手中，而18世纪之前女性始终默默无闻的现状有了进一步的发现。"我"反思女性的生存与受教育环境，由她们为什么无法成为戏剧大师莎士比亚的疑问，引出了一段关于朱迪思的著名故事。朱迪思是伍尔夫虚构出来的莎士比亚的妹妹，她有着和哥哥一样饱满的额头和睿智的灰色眼睛，更重要的是，和哥哥一样有着从事戏剧的艺术雄心与天赋。然而，她却没有机会进入文法学校，接受欧洲古典哲学与文学艺术的熏陶。在不到17岁的时候，父母逼迫她嫁给一个羊毛商人的儿子，并将不屈的她关在了楼上。不甘于命运的她跳窗逃跑，希望和哥哥一样在伦敦实现自己的艺术梦想。她徘徊于一个个剧场的门外，受尽冷落与嘲笑，被迫成为演员经理尼克·格林的情妇,最终于一个冬夜绝望自尽。行笔至此,伍尔夫激愤不已,继续推想道:"回顾自己杜撰的莎士比亚妹妹的故事,其中的真实之处在于,在16世纪,任何一个天赋异禀的女子一定会发疯,会开枪自杀,会在村外某间偏僻的茅舍避世而居,孤独终老,半是女巫,半是术士,让人畏惧,也受人嘲笑。因为我们不需要了解一点心理学知识就可以确定,当一个才情卓绝的女性将自己的天赋用于诗歌创作,她一定会被其他人横加阻挠,因此遭受违背本能的折磨和撕裂,于是,她必定要损害健康,丧失理智。"

除了以虚构但却本质真实的故事浓缩了历史上与现实中无数拥有理想与抱负的女性的困境之外,伍尔夫还进一步指出了女性在从事艺术创造时所不得不面对的外部压力和内心困扰。她们即使写作,也不敢署上自己的真名,而只能采用男性笔名或匿名的形式。这一现象,在18—19世纪欧洲妇女作家身上极为常见。其中最有代表性的,是女作家夏洛蒂·勃朗特和她那两位同样富于文学才情的妹妹艾米莉和安妮的例子。她们初次在文学领域一试身手的时候,均被迫使用了"贝尔"这一男性化的姓氏以求得到批评界与读者的公正评价。简·奥斯汀在客厅写作时,只要一听到有人要进来的门轴响声,便迅速用手边的针线活儿盖上自己的手稿。

在伍尔夫看来,女性受到呵斥、讥讽、规劝、告诫。她需要抗辩这个,反驳那个,不免精神紧张,心灰意懒。这样的分心、压力和忧惧,一定会扭曲她的心智,使她难以达到艺术创造所要求的理想的精神状态。于是她进一步推进到什么是"最适宜创造活动的精神状态"的思索,并考察了莎士比亚创作悲剧《李尔王》和《安东尼与克莉奥佩特拉》,历史学家托马斯·卡莱尔撰写巨著《法国大革命》,福楼拜创作小说《包法利夫人》和浪漫诗人济慈创作诗歌时的精神状态，得出结论道："为了将内心的作品毫无障碍、完整如初地呈现出来，艺术家的心思要炽热无比，就像莎士比亚一样。看着摊开的《安东尼与克莉奥佩特拉》，我推测，莎士比亚的心路必定畅通无阻，绝对没有外物的损耗。"

进入第四章，伍尔夫转向文学历史，进一步列举了历史上受到压抑、承受重负的文学妇女，回溯了女性文学的艰辛发展之路。通过追寻18世纪以来的妇女职业写作，伍尔夫又提出了一个问题：为什么妇女的写作大都为小说？随即展开了女性与小说的关联，以及什么样的小说才是优秀小说的讨论。伍尔夫举出的正面例子为简·奥斯汀，认为发生在奥斯汀身上的奇迹是看不出"环境对她的作品有任何损伤"，即奥斯汀较少受到外部舆论与内心困扰的侵扰，所以她的小说中没有仇恨、酸楚和说教。她和莎士比亚一样，"都已化解掉胸中的郁结"，"消失在她笔下的字里行间中"。这即是说，奥斯汀已与她的作品水乳交融，读者读到的不是她在说话，而是艺术在发声。

负面的例子则是夏洛蒂·勃朗特。伍尔夫认为她的愤怒不平的气质与情绪，使得她脱离了作品在说话，以至造成了作品的生硬、突兀与断裂。虽然人们认为勃朗特的天赋高过奥斯汀，但是，由于这种"突兀"与"愤慨"，"她的天分永远不能被完好无损地表达出来。她的作品是畸形而又扭曲的。本该平心静气时，她会愤愤不平；本该聪明处理时，她却犯了糊涂；本该描摹人物时，她却直抒胸臆。"伍尔夫指出情绪会损害艺术。而这种不平之气，对勃朗特那个时代的女作家来说又是普遍而自然的，因为她们被剥夺了与男性一样去体验、交往与旅行的权利，而只能像勃朗特笔下的简·爱那样，寂寞地远眺荒野。所以,俄罗斯文学大师列夫·托尔斯泰可以写出《战争与和平》这样宏大的战争生活史诗,而奥斯汀只能写出历史小说家瓦尔特·司各特所谓的"两寸象牙微雕",勃朗特则只能抒写简·爱的不平。由此对比,伍尔夫直指男权社会的不公,暗示要达到理性与情感中和的艺术创造境界,前提是要获得性别的自由与平等。

进入《一间自己的房间》的第五章,"我"的精神漫游到了当代。由于当代女性的地位有所提升,加之女性文学传统的滋养,伍尔夫认为"写作的自然冲动已然耗尽,她或许开始将写作当成一门艺术,而不是一种表达自我的手段"。由于之前女性写作的问题很大程度上来自两性不平等地位的困扰,伍尔夫探索的理想写作状态的达成,也必然与两性关系的调整有关。她特别强调互补与平衡的作用,认为"人的后脑勺有一块硬币大小的区域,自己无法亲眼看到。这倒是两性之间可以互相帮助的地方——为对方描绘后脑勺上这块硬币一样大小的区域"。而女性由于情感上不再受到困扰,感受力也会变得更加宽泛、热切而无拘无束。与此同时,伍尔夫又强调了女性艺术家超越一己的情感和事物的表象、洞悉生活的本质的必要性:"除非她能够从转瞬即逝又极为个人的经验中建立起某种持久的框架,否则那些丰富的感受力和精细的洞察力都是徒劳无益的……能证明自己不是一个浅尝辄止、流于表面的创作者,而是进行了深度的探索和挖掘。"伍尔夫以诗意的语言形容女性写作在达到这一境界后的形象:"她像一只鸟一样掠过。"并乐观地想象未来会出现更出色的女性作品,会产生更优秀的女性诗人。

经过前面的层层铺垫,伍尔夫在第六章中自然地提出了"雌雄同体"的思想。她由一对青年男女共乘一辆出租车的场景获得启发,认为与肉体的和谐相对应，头脑中的两性同样应该和谐。"我继续以自己业余的笔触试图勾勒出一张灵魂的计划图，我们每个人的内心，都由两种力量主导，一种是男性的，一种是女性的。在男性的大脑里，男性力量为主；在女性的大脑里，女性力量优先。当两种力量和谐相处、互相合作时，我们的精神状态最为正常和舒适。男性的大脑依然会受到女性力量的影响，女性的思维也会受到男性力量的干涉。当柯勒律治说，伟大的思想是雌雄同体的，他的意思大抵如是。只有当两种力量充分交汇时，大脑才能思若泉涌并且尽显其能。"伍尔夫认为优秀的艺术家如莎士比亚、济慈、斯特恩、考珀和柯勒律治、普鲁斯特等均拥有"雌雄同体"的大脑，这种大脑更多孔隙，易于引发共鸣；它能够不受妨碍地传达情感；它天生富于创造力。"双性同体"这一凝聚了人类两性合一、浑然完整的古老梦想的观念并不是伍尔夫首先提出的，古希腊哲学家柏拉图、英国浪漫诗人柯勒律治、奥地利精神分析学家荣格等曾分别从哲学、文学与心理学角度进行过重要阐释。而伍尔夫是在强调情感与智性在人格的健康发展中无可或缺的作用的基础上，发展出了以开阔的胸襟和双性的视野，追求整合性别差异的"双性同体"理想，并将之作为艺术家锻造完美人格结构的美学标志。

在《一间自己的房间》最后，伍尔夫还充满信心地鼓励了当时在场听讲的剑桥大学女学生，指出莎士比亚的妹妹还"活着，因为伟大的诗人不会死去；她永生不灭；一有机会就会走近我们身边。我想，这个机会现在你们能够给她。"表达了对未来女性写作的无限期待。此后，伍尔夫的"双性同体"观念，作为男女两性和谐互补的人际关系理想和智性与情感中和交融的完美艺术创造标准，对后代的作家创作与性别文化观念的发展,均产生了重大的影响。1977年,美国女性主义文学批评的代表人物之一伊莱恩·肖瓦尔特推出了著作《她们自己的文学:从勃朗特到莱辛的英国女小说家》(A Literature of Their Own: British Women Novelists from Bronte to Lessing),梳理了自19世纪40年代到20世纪70年代英国女性小说发展的阶段性特点,书名即是对《一间自己的房间》的呼应与致敬。

  此处还有一点值得一提,即在伍尔夫发表剑桥演讲的同一个月,她的小说《奥兰多:一部传记》(Orlando: A Biography, 1928)面世了。这部以伍尔夫的密友、女作家维塔·萨克维尔-威斯特(Vita Sackville-West)的外貌、家世、性情与经历等为原型,虚构了主人公奥兰多在自伊丽莎白女王时代至20世纪上半叶长达四个世纪的岁月中,由男性变为女性的奇幻历史的"玩笑之作",在很多方面均具有与《一间自己的房间》彼此阐发与呼应的意义。小说以变性后的奥兰多频频换装,在两性角色之间自由穿行,从而拥有了"双重收获"的奇妙构想和乌托邦式结局,传递了奥兰多、维塔,当然也包括伍尔夫本人在内的"双性同体"的自由写作理想。《奥兰多》因而也成为伍尔夫众多作品中唯一一部没有死亡阴影笼罩的小说。伍尔夫研究专家赫麦尔妮·李写道:"它对《到灯塔去》的挽歌情调扭过头去,又摆脱了《海浪》中对死亡的凝神思考。只有在《奥兰多》和《一间自己的房间》中,弗吉尼亚·伍尔夫才通过妇女写作的观点,摆脱了家庭的压力、宿命,以及疯狂的囚禁,真正解放了她自己。"Hermione Lee. Virginia Woolf, Vintage Books, 1996, 520—521.

  《一间自己的房间》虽然问世已近百年,然而其中关于女性在男权中心的历史文化传统中的艰难生存,关于成为"莎士比亚的妹妹"

需要怎样的内外部条件，关于男女双性如何和谐互补与相互成就，实现自由写作理想的深刻思考，在当今世界依然未过时。《一间自己的房间》在问世当年即被中国现代文学史上著名的浪漫诗人徐志摩介绍给了国人。作品的核心意象"一间自己的房间"也成为呼唤女性独立的经济地位和独立的精神空间的著名象征而深入人心。1928年12月，再度游欧归国的徐志摩应邀在苏州女子中学做了一场《关于女子》的讲演。在分析女性创作条件、探讨中外女性创作环境时，徐志摩提到了伍尔夫《一间自己的房间》中关于女性创作空间问题的基本观点："我看到一篇文章，英国一位名小说家做的，她说妇女们想从事著述至少得有两个条件：一是她得有她自己的一间屋子，这她随时有关上或锁上的自由；二是她得有五百一年（那合华银有六千元）的进益。她说的是外国情形，当然和我们的相差得远，但原则还不一样是相通的？"徐志摩，《关于女子——在苏州女子中学讲演稿》，《徐志摩全集》第4卷，广西民族出版社，1991年，647.

在论及英国当代妇女作家时，徐志摩再度提及伍尔夫。在当时的文化背景下，徐志摩这篇讲演中有关女性应自强、解放、与男性平等，努力为人类进步贡献才情和创造力的观点都是相当深刻与超前的。而《一间自己的房间》中对历史上女性困境的认识，对两性和谐观念的倡导等，都在徐志摩的讲演中留下了深深的烙印。徐志摩关于将来会有女性的莎士比亚、培根、亚里士多德、卢梭的预言，亦可被视为《一间自己的房间》中有关"莎士比亚的妹妹"朱迪思故事的中国式发挥。

1947年6月，《一间自己的屋子》作为"文化生活丛刊"之第39种，由王还译出，由上海文化生活出版社出版。这是该作的第一个完整中译本。20世纪80年代中期之后，随着女性主义文化与文学研究思潮在中国崛起，王还的这个译本由北京生活·读书·新知三联书店再版，继续发挥了重要的文化影响。2003年，贾辉丰翻译的《一间自己的房间》作为"弗吉尼亚·吴尔夫文集"之一种，由人民文学出版社出版。

如今，我们又欣喜地看到了华中科技大学出版社出版、由董灵素翻译的新译本的问世。伍尔夫强调的女性拥有独立的经济地位对于保有独立人格的重要性，其有关"一间自己的房间"的著名象征，不仅已经成为，还将继续成为激励中国女性不断争取独立的物质与精神空间、为社会进步和民族富强贡献出色才情与创造力的重要思想资源。

杨莉馨

南京大学文学博士，南京师范大学文学院教授、博士生导师

2024年1月10日

作者小传：
弗吉尼亚·伍尔夫

弗吉尼亚·伍尔夫（Virginia Woolf）1882年出生于英国的一个显赫家庭，全名艾德琳·弗吉尼亚·伍尔夫。

她的父亲莱斯利·斯蒂芬（Leslie Stephen）是一名历史学家、作家、评论家、传记作家和登山家，获得剑桥大学和牛津大学的荣誉文学博士学位，是三一学院的荣誉院士。她的母亲茱莉亚·斯蒂芬（Julia Prinsep Stephen）出生于印度，曾经做过拉斐尔前派画家模特。

弗吉尼亚的父母在相识相恋之前各有过一段婚姻。两人婚后搬至海德公园门22号，先后育有四个孩子：凡妮莎、托比、弗吉尼亚和艾德里安。家里还有父亲和第一任妻子生下的女儿劳拉，以及母亲和第一任丈夫生下的达克沃斯家族的三个孩子。

弗吉尼亚从小在家接受古典文学教育和维多利亚文学教育，父亲教授数学，母亲教授拉丁语、法语和历史。毕竟，19世纪末，女性仍然不能接受正规学校教育，家中男性成员得以进入剑桥大学，女孩子则只能在家中客厅后面的家庭教室接受父母和家庭教师的授课。

不过，她和姐姐被允许自由进出父亲的藏书馆，接触许多文学经典，她将早年生活的回忆写进《回忆》《海德公园门》《过去的素描》中。幼年的弗吉尼亚充满好奇心，她无忧无虑，聪明顽皮，展现出对写作的喜爱，她的父母对此十分鼓励，她在之后这样描述对写作的最初看法：

我还是个小不点的时候，就在圣艾夫斯客厅的绿色毛绒沙发上，趁着大人吃饭的时候，用霍桑的方式写故事。（伍尔夫日记，1938年12月19日）

5岁时，她开始写信，给父亲讲故事。10岁时，她的生日礼物便是墨水架、吸墨纸、图画书和一盒写作工具。9岁时，她就与姐姐凡妮莎创办了家庭报纸《海德公园门新闻》，记录斯蒂芬家中的生活轶事，母亲夸她为"才华横溢"，这个活动一直持续到1895年，母亲茱莉亚去世，此时伍尔夫感受到世事难料、生活破裂，不再记录家庭乐趣，这也是她罹患精神疾病的肇因。她的情绪周期性地波动，从严重抑郁到狂躁兴奋，包括精神病发作，家人称之为"疯狂"。

她的童年创伤还包括被继兄侵犯，她在回忆录《过去的素描》和《海德公园门22号》中写到了这一点，这可能造成她对性的恐惧，并且使她终生抵抗男性权威。

母亲去世后，弗吉尼亚的继姐达克沃斯家族的大女儿斯黛拉承担起家庭责任，并负责帮助伍尔夫恢复精神正常。

打击接踵而至，1897年，继姐斯黛拉婚后在孕中去世，伍尔夫失去精神支柱，变得惧怕婚姻，害怕在婚姻中失去自我，她第一次在日记中表达死亡的愿望，认为"死亡更短暂、痛苦更少"。

1897年至1901年间，她在伦敦国王学院女子部学习了初级和高级古希腊语、中级拉丁语和德语以及大陆和英国历史课程。在这里她接触到了一些著名女性学者和女性教育改革倡导者。1899年，她的兄长托比进入三一学院，将结识到的年轻学子引见给妹妹们，其中就包括弗吉尼亚未来的丈夫伦纳德·伍尔夫，他们组成了一个读书小组，名为"午夜协会"。

1902年弗吉尼亚的父亲查出胃癌，1904年2月22日去世，一家人担心住在老宅总是睹物思人，便离开老宅，来到彭布罗克郡海岸的马诺比尔。在那里，弗吉尼亚第一次意识到自己要成为作家的命运。同年5月，弗吉尼亚精神彻底崩溃，跳下阳台，被送入收容机构治疗。

1904年11月，一家人搬到布卢姆斯伯里，他们定期与知识分子和艺术家朋友们聚会，这个圈子包括之后与弗吉尼亚的姐姐凡妮莎结婚的艺术评论家克莱夫·贝尔、小说家E.M.福斯特、画家邓肯·格兰特、传记作家利顿·斯特拉奇、经济学家约翰·梅纳德·凯恩斯和散文家伦纳德·伍尔夫等，也就是著名的布卢姆斯伯里圈子。

1906年，托比因伤寒在希腊去世。1907年2月，凡妮莎和克莱夫结婚，他们对前卫艺术的兴趣对伍尔夫作为作家的进一步发展产生了重要影响。

1907年11月，伍尔夫搬进了萧伯纳故居菲茨罗伊广场29号，与此同时，伍尔夫开始创作她的第一部小说，也就是后来的《远航》，伍尔夫在这本书中尝试了多种文学表现方式，包括引人入胜且不寻常的叙事视角、梦境和自由联想。

在伦纳德多次求婚后，1912年8月10日，弗吉尼亚与伦纳德结婚。1915年，《远航》发表，两年后，伍尔夫夫妇购买了一台二手印刷机并成立了霍加斯出版社，这是他们自己的出版社，在他们的家里即"霍加斯之家"经营。伍尔夫和伦纳德出版了他们自己的一些著作，以及西格蒙德·弗洛伊德、凯瑟琳·曼斯菲尔德和T.S.艾略特的作品。

第一次世界大战结束一年后，1919年，伍尔夫一家购买了罗德梅尔村的一间小屋——蒙克之家（Monk's House），同年伍尔夫出版了一部以爱德华七世时期的英国为背景的小说《日与夜》。1920年，布卢姆斯伯里圈子在战后重组，名为回忆录俱乐部，专注于以普鲁斯特的《追忆似水年华》的方式记录自我，并催生了一些更有影响力的书籍。

她的第三部小说《雅各布的房间》于1922年由霍加斯出版社出版。这部小说以她的哥哥托比为蓝本，被认为与她早期带有现代主义元素的小说有很大不同。那一年，她遇到了作家、诗人和园林设计师薇塔·萨克维尔－韦斯特（Vita Sackville－West），薇塔是英国外交官哈罗德·尼科尔森的妻子。弗吉尼亚和薇塔开始了一段友谊，后来发展成了一段浪漫的恋情。后来，恋情结束，但二人的友谊一直持续到伍尔夫去世。

1925年，伍尔夫的第四部小说《达洛维夫人》广受好评。这个

故事将情节与内心独白结合,并提出了第一次世界大战后英国的女性主义、精神疾病和同性恋问题。1928年的小说《到灯塔去》成为另一部成功的作品,这本书以伍尔夫小时候生活过的塔兰别墅为原型,运用了革新的意识流写作方式。

1928年,伍尔夫以薇塔为灵感来源创作的《奥兰多》出版。这本书讲述了一位英国贵族变成女性,历经三个多世纪的英国历史的故事。这本小说对伍尔夫来说是一次突破,这部开创性的作品受到了评论界的赞扬,成为她最受欢迎的作品。

1929年,伍尔夫出版了《一间自己的房间》,这是一篇基于她在女子学院演讲的女性主义文章,其中她探讨了女性在文学中的角色。在作品中,她提出了"女人要写小说,就必须有钱,有自己的房间"的想法。她的下一部作品《海浪》(1931)突破了叙事界限,她将其描述为用六个不同角色的声音写成的"一首戏剧诗歌"。1937年,伍尔夫出版了《岁月》,这是她一生中出版的最后一部小说,讲述了一个家族一代人的历史。次年,她发表了《三个基尼》,延续了《一间自己的房间》中女性主义的讨论,同时评述了法西斯主义和战争。

到了四十多岁,弗吉尼亚已成为一名知识分子、一名有影响力的作家和女性主义先驱。她平衡梦幻场景与紧张情节的能力为她赢得了同行和公众的尊重。尽管成为成功作家,但她仍然经常遭受抑郁症和剧烈情绪波动的困扰。

伍尔夫的丈夫伦纳德始终陪伴在她身边,当她在撰写最后的手稿《幕间》(于1941年她去世后出版)时,他发现她正陷入更深的绝望之中。第二次世界大战开始后,伍尔夫的日记中出现许多向往死亡的内容。当时,夫妇俩决定,如果英国被德国入侵,他们就一起自杀。

1940年，这对夫妇在伦敦的家在德国人的轰炸和闪电战中被毁，她为已故朋友所写的《一条爱犬的传记》遇冷，她濒临崩溃，无法继续工作。

1941年3月28日，伍尔夫在大衣口袋里装满石块，走进家附近的乌斯河，溺水身亡，直到4月18日她的尸体才被发现。她的遗体被埋葬在故居蒙克之家的一棵榆树下。

（参考《弗吉尼亚·伍尔夫：作家的一生》《弗吉尼亚·伍尔夫：传记》等作品改编整理）

参考资料

贝尔·昆汀（Bell Quentin）. 弗吉尼亚·伍尔夫：传记（*Virginia Woolf: A Biography*）[M]. 1. Harcourt Brace Jovanovich, 1972.

毕肖普·爱德华（Bishop Edward）. 弗吉尼亚·伍尔夫年表（*A Virginia Woolf Chronology*）[M]. 1. Palgrave Macmillan UK, 1988.

林德尔·戈登（Lyndall Gordon）. 弗吉尼亚·伍尔夫：作家的一生（*Virginia Woolf: A Writer's Life*）[M]. 1. Oxford University Press, 1984.

弗吉尼亚·伍尔夫（Virginia Woolf）. 伍尔夫日记第五卷：1936—1941年（*The Diary of Virginia Woolf Volume Five 1936 - 1941*）[M]. 1. Houghton Mifflin Harcourt, 1985.

目录

Contents

- 第一章 　　　　　／1
- 第二章 　　　　　／24
- 第三章 　　　　　／41
- 第四章 　　　　　／60
- 第五章 　　　　　／82
- 第六章 　　　　　／98

第一章

　　你也许要说，我们的主题是"女性和小说"，这跟一间属于自己的房间又有什么关系呢？接下来，我会解释的。接到邀请来谈谈"女性和小说"的主题后，我就坐在河边，思考这两个词究竟是什么意思。就这个话题，我可以简单地评论一下范妮·伯尼①，谈一谈简·奥斯汀②，也许还可以向勃朗特三姐妹③致敬，再形容一下冰雪中的海沃斯牧

---

① 范妮·伯尼（Frances Burney, 1752—1840），英国讽刺小说家、日记作者、剧作家，代表作为《伊芙琳娜》。
② 简·奥斯汀（Jane Austen, 1775—1817），英国作家，代表作有《傲慢与偏见》《理智与情感》等。
③ 勃朗特三姐妹，即夏洛蒂（Charlotte, 1816—1855）、艾米莉（Emily, 1818—1848）和安妮（Anne, 1820—1849），英国作家，代表作分别为《简·爱》《呼啸山庄》《艾格妮丝·格雷》。

师家①。如果可能的话，还可以说说关于米特福德②小姐的俏皮话，委婉地恭维一下乔治·艾略特③，再提一下盖斯凯尔夫人④，这样就可以了。但是，仔细一想，这两个词似乎并不简单。"女性和小说"这个主题，或者你们想让我谈的，可以是女性以及她们的形象，也可以是女性和她们写出来的小说，或者，女性和关于她们的小说；三者或许将不可避免地混杂在一起，而你们希望我从这个角度来说一说。当我这样来思考这个主题的时候，似乎是最有趣的，但也遇到了一个致命的问题：我可能永远无法得出一个结论，也永远无法履行一个讲师的首要责任，也就是说不能在一个小时的演讲后，提供一些至理名言，让你们抄写在笔记本中，然后摆在壁炉架上。我所能做的是，从小处着眼，发表一点意见：一个女人如果要写小说，就必须有钱和一间属于自己的房间；正如你将看到的那样，女性的本质和小说的本质，这两个问题悬而未决。我推卸了为这两个问题找到答案的责任。在我看来，女性和小说，仍然是没有解决的问题。当然，为了弥补这一点，我会尽可能跟大家谈谈，关于房间和金钱，我是怎么想的。在你们面前，我会充分而且自由地说出这个观点是如何形成的。或许，当我坦陈观点背后的想法和偏见时，你们就会发现它们跟女性和小说

---

① 海沃斯牧师家（Haworth Parsonage），勃朗特姐妹的故居。
② 玛丽·拉塞尔·米特福德（Mary Russell Mitford，1787—1855），英国作家、剧作家，代表作为《我们的村庄》。
③ 乔治·艾略特（George Eliot，1819—1880），原名玛丽·安·埃文斯（Mary Ann Evans），英国小说家、诗人，代表作有《米德尔马契》《弗洛斯河上的磨坊》等。
④ 盖斯凯尔夫人（Elizabeth Gaskell，1810—1865年），英国小说家、传记作家，代表作有《玛丽·巴顿》《夏洛蒂·勃朗特传》等。

的关系。

无论如何,当一个话题引起高度争议时——任何关于性别的问题都是如此——任何个体都是没法给出终极答案的。我们只能表明个人如何形成自己的观点。只有当观众观察到演讲者的局限、偏见和特质时,他们才有机会得出自己的结论。这里所说的小说可能包含着比事实更多的真相。因此,我会利用作为小说家的自由和特权,跟你们聊聊,来到这里前两天的故事——在演讲的重重压力下,我是如何思考这个主题,让它在我的日常生活中自然生发的。无须赘言,我接下来要描述的东西,纯属虚构。"牛桥"是杜撰的;芬汉姆学院也是假的,"我"只是一个驾轻就熟的人称代词。我会信口开河,但其中可能夹杂着一些事实真相,由你来负责找到它,并且决定它是不是值得保留。如果它一文不值的话,你大可以把它扔进废纸篓里,然后一忘了之。

一两个星期前,在十月份的好天气里,我(你可以叫我玛丽·伯顿、玛丽·西顿、玛丽·卡米克尔或者任何你喜欢的名字,这并不重要)坐在河边,陷入沉思。我刚刚提到的负担,要做"女性与小说"的演讲,需要就这一主题得出一些结论,随之而来的偏见和激情简直压得我抬不起头。我左右两侧是某种不知名的灌木丛,金黄色的、猩红色的,闪耀着光芒,仿佛被火的温度灼伤了似的。在更远一点的岸边,柳树绿条垂下,宛若头发披在肩头、哀哭不休的人。河水随意地倒映着天空、桥梁以及色泽灼热如火的树木,当大学生划船经过,倒影破碎又复合,完整如初,仿佛从未被搅碎过。在那里,我简直可以沉思默想一整天。沉思——我们似乎用了一个更高级的词汇——将其钓线抛入溪流。时间流逝,它在水草和倒影之间来回摇摆,任由水流将它抬起又沉落,直到——你知道的,突然一沉——一个想法凝结在钓线的尾端,接着将它小心翼翼地拉回来,万分仔细地把它安置妥当。唉,把它平放在草地上,我的想法显得多么渺小,多么无关紧要,要是一个垂钓好手,一定会将这种小鱼重新送回水里,等着它长大一点,再钓回来,然后大快朵颐。算了,我就不让你再为这个想法劳心费神了,不过在我接下来的演讲中,如果你仔细听的话,或许能发现它的踪迹。

但是,无论这条鱼多么幼小,它还是具备沉思的神秘特性,将它放回你的脑海里,它立刻就变得兴奋起来、重要起来。它时而飞游,时而沉潜,四处闪回游走,惹起一串串纷乱的思绪,简直一刻都停不下来。就这样,我发现自己在草地上快步疾行。突然,一个男人的身影闯入,打断了我。起初我也不理解这个身穿礼服的怪人是在冲我打手势呢!他的表情惊恐又愤慨。直觉而非理性告诉我,他是个学监,而我是个女人。这里是草皮,那里才是小路。只有研究员和学者才能在草地上散步,碎石路才是我的属地。这样的沉思全靠一时兴起。当我重新回到小路上,学监的胳膊放下了,他的表情也恢复了如常的平静。虽然草坪的确要比碎石路好走,但碎石路也妨碍不大。我想对研究者和学者提出的唯一指控是,为了保护他们的草地,沿袭他们维持了300多年的传统,我的小鱼被吓跑了。

如今,我已不记得到底是什么让我忘乎所以地闯入禁地。平静祥和的精神宛如天堂降临的祥云,如果这片祥云要在哪里驻足,那一定会是十月和煦的清晨,"牛桥"的校园和庭院中。在这些校园中漫步,走过那些古老礼堂,现实的粗粝都变得平滑;身体就像被罩在一个神奇的玻璃屋中,声音无法穿透,思想也无须被现实烦扰(除非有人再次闯入草坪），可以随心所欲地进入与此时此刻相宜的遐想。偶然间，飘散的记忆里，浮现出了一篇谈及长假中重访"牛桥"的旧散文，进而想到了查尔斯·兰姆[①]，威廉·梅克皮斯·萨克雷[②]曾将兰姆的一封来信举到前额的位置，称他为"圣查尔斯"。的确，在所有过世的作家中（我想到谁便说谁），兰姆是与我最意趣相投的一位。有人会想问他：请告诉我，你是如何写出散文的？我觉得，马克斯·比尔博姆[③]的散文已经十分完美了，而兰姆的散文比他的还要卓越，兰姆的想象力不断闪现，才华在电光石火间迸发，虽然为文章留下了一些微瑕，但赋予了诗意。兰姆来到"牛桥"，差不多是一百年前的事了，他一定写了文章，标题虽然我已经记不起来，但文中写到他在这里看到一篇弥尔顿[④]的手稿，可能就是《利西达斯》。兰姆写道，一想到手稿的字词或许和现行的版本不太一样，他就震惊不已，因为光是想想弥尔顿修改原诗的可能性，他都觉得是一种亵渎。此后每当读到《利西达斯》，我便会猜测弥尔顿到底修改了哪些词，为什么修改这些词，借此来自娱自乐。我又想到，兰姆所参观的这件珍品距离我只有几百码，我可以追随兰姆的脚步，穿过四方的庭院，到珍藏手稿的知名图书馆里去。就在我向着目标走去时，我又想起萨克雷的《埃斯蒙

[①] 查尔斯·兰姆（Charles Lamb，1775—1834），英国散文家、诗人、古生物学家，代表作有《伊利亚随笔》和《莎士比亚故事集》（与妹妹玛丽·兰姆合著）。
[②] 威廉·梅克皮斯·萨克雷（William Makepeace Thackeray，1811—1863），英国小说家、插画家，代表作有《名利场》等。
[③] 马克斯·比尔博姆（Max Beerbohm，1872—1956），英国散文家、漫画家，代表作有《祖莱卡·多布森》等。
[④] 约翰·弥尔顿（John Milton，1608—1674），英国诗人，代表作有《失乐园》等。

德》①也保存在这里。批评家常说,这是萨克雷最完美的小说。但根据我的回忆,这部小说矫揉造作的风格、刻意模仿18世纪的文风,反而妨碍了他,除非萨克雷可以将18世纪风格用得自然而然,只要看一下手稿,了解他这样的改动是为了让文风更优美,还是让文意更完整,便可以证明这一点。不过,先要解决一个问题,到底何为文风、何为文意。不过,我已经来到了图书馆的门前。我一定推开了门,因为一个守护天使立刻出现在门前,挡住我的去路,只不过他并没有长着一双雪白的翅膀,而是身着一袭黑袍,原来是一位谦逊温和的银发老人。他摆摆手,低声说道:女士必须在校内人士的陪同下,或者手持介绍信方可入内。

一个著名的图书馆,绝对不会因为一位女士的诅咒而有所损伤。它坐享尊荣,庄严肃穆,将自己所有的珍宝安全无虞地收藏保护,它志得意满地安然入眠,在我看来,它将沉睡,直到永远。我将永远不再搅扰它的清梦,我将永远不再渴求它的款待。走下台阶时,我愤愤不平地发誓。可是,距离午饭时间还有一个小时,我该做点什么呢?在草地上散会儿步?还是在河边闲坐一下?当然,这是一个可爱的秋日清晨,红色树叶如鸟翼般在风中舞动,飘零一地,散步或者闲坐都是不错的选择。不过,一阵乐声传入我的耳朵。有什么接待或者庆祝活动正在进行。当我走过教堂门口,管风琴正奏出壮丽的悲鸣。在那样静谧的氛围中,就连基督教的哀恸听起来都仿佛是对哀恸的回忆,而非哀恸本身。古老的管风琴所发出的幽怨哀鸣甚至都被笼罩在那片静谧之中。纵然有权进入,我也无意踏足。这次,教堂的执事可能会

---

① 《埃斯蒙德》(Esmond),威廉·梅克皮斯·萨克雷的历史小说,初版于1852年。

拦下我，要求我出示受洗的证书，或者来自院长的推荐信。不过，这些宏伟壮观的建筑，外观常常如同内里一样美丽。而且，就算站在一旁，观看信众聚集一处，从教堂门口进进出出，仿佛蜂巢口忙碌的蜂群，就已经足够有趣了。许多人戴着帽子，披着长袍，一些人肩膀上围着毛皮簇绒，还有一些人，虽然未过中年，已经皱皱巴巴，奇形怪状的，让人想起水族馆的沙子上那些艰难挣扎的巨蟹和龙虾。斜倚在墙上，我感觉大学的确像是一个庇护所，护佑着这些奇种异类，倘若在斯特兰德①自求生路，他们恐怕早就被淘汰了。老学究们的陈年往事浮上心头，但还没等我鼓起勇气吹响口哨——听说老教授们一听到口哨就会疾速飞奔——备受尊敬的教众早就鱼贯而入，徒留教堂的外在与我共处。如你所知，从外面可以看到教堂高高耸立的圆顶和塔尖，就像是一艘航船，永远航行，从未抵达。一到晚上，若灯光亮起，数英里外，远山之外依然遥遥可见。想想看，这座拥有平滑草地、雄伟和壮丽教堂的学院，在很久之前或许是一片沼泽，野草飘摇，猪群穿梭。我想，一定有成群的牛马拉着货车，从遥远的乡村驮来石块，数不尽的劳力一块一块地将石头层层垒砌，如今我才能站在石墙的阴影下。接着，画家们带来的玻璃被镶嵌其中。还有，几百年来，泥瓦匠们拿着铁锹和镘刀，用油灰和水泥粉饰屋顶。每个周六，一定有人从皮包里倒出些金币、银币，放在这些人的手中，这样他们才能在晚上喝点啤酒，放松一下。我猜，一定有源源不断的金银流入这座院子，如此才能确保石块被运来，石匠劳作、整地、开沟、挖

---

① 斯特兰德，伦敦市中心威斯敏斯特的主干道，12世纪到17世纪很受英国上流社会的认同，林立着许多历史悠久的豪宅、高档餐厅、酒馆等。

渠、排水。不过,那是信仰的时代,人们挥金掷银地用石块垫起地基,当石墙竖起,国王、王后和贵族们会送来更多的金钱,确保了圣歌在此吟唱,知识在此传授。土地被一块块赠予,什一税被一笔笔缴清。然后,信仰时代结束,理性时代到来,金银的流动没有终端,用来设立奖学金,授予教职,不过资金并非来自国王的金库,而是商人的钱箱,还有在工业中赚得盆满钵满的富人的钱包。他们留下遗嘱,他们的一部分资产将回馈学院,去购置更多的椅子,聘请更多的讲师,培养更多的学生,以此回报他们曾在这里习得的能力。因此,几个世纪前还野草飘摇、猪群穿梭的地方,样貌大变,成为图书馆、实验室、天文台,现在这里还陈列着放在玻璃架子上的昂贵又精致的精密仪器。在庭院里四处闲逛时,我觉得这块金银奠基的地方已经足够厚实。坚固的人行道铺设在野草蔓生的土地上。头顶托盘的男士忙忙碌碌地在阶梯间盘旋。艳丽的花朵在窗口盛放,留声机的旋律从房间流出。不陷入深思是不可能的——不过,不论所思如何,它都会被打断。钟声敲响,到吃午饭的时间了。

有一个有趣的事实:小说家们总会让你相信,午餐会之所以让人难忘,要么是因为有人妙语连珠,要么是因为有人举止出众。他们绝不会浪费笔墨去交代食物。汤品、鲑鱼和鸭肉,对这些东西三缄其口是小说家默然遵守的规则,仿佛它们根本无足轻重,正如没人会抽一根雪茄,或者饮一杯酒。不过,在此,我要冒昧地打破这个惯例,跟你说说这次的午餐都有些什么。

首先是龙利鱼,盛放在深盘之中,上面浇了一层纯白的奶油,棕色的斑点散布在各处,像是母鹿身侧的斑点。接着送来的菜品是鹧鸪,如果你以为只是几只棕色的鸟被单调地摆放在盘子里,那就误会

大了。这道菜非常丰盛,搭配着各色酱汁和沙拉,辣味的、甜口的,依次排列。这里的土豆,薄如硬币,但没那么坚硬。这里的菜心,柔嫩如玫瑰花瓣,但更加多汁可口。烤肉和配菜刚刚吃完,一旁安静陪侍的服务人员——或许就是学监本人,不过换了一副更加和蔼可亲的神色——就送上了甜品。糖霜如海浪翻卷,包裹在餐巾之中,这就是所谓的布丁,若有人将它错认成大米或木薯制品的话,那就太失礼了。与此同时,酒杯中交替泛起黄色或猩红的饮料,饮尽又被倒满。就这样,在一次次的助燃之后,脊柱的中央,也就是灵魂栖息的地方,被点亮了。不是那种闪闪发亮的小电光、那种在我们唇齿间吐露的灵光,而是更加深刻、微妙和隐秘的光芒,理性交流所催生的黄色火焰。不必匆忙,也不必闪亮,不必成为任何人,除了你自己。我们都将去往天堂,凡·戴克[①]将与我们作伴。换句话说,生活多么美好,回报何其甜美,所有的怨恨和冤屈何等渺小琐碎,友谊和同侪如此令人钦佩,只要你,点一支香烟,陷坐在窗边座位的靠垫里。

如果手头碰巧有个烟灰缸,那就不必将烟灰弹出窗外,但事情可能会跟现在有不一样的走向,譬如,大概就不会看到,一只无尾猫。这只短了一截的动物贸然闯入我的视野,款款地穿越庭院,某种潜意识的认知被激发,改变了我的情绪之光。这种感觉就仿佛是有人遮住了光。兴许是让人目酣神醉的酒力正在渐渐消散。当曼岛猫停留在草坪中央,仿佛它也在向宇宙发问,我察觉到,某些东西的确没了,某种地方真的变了。但是,什么缺失了,哪里又不一样了?谈话仍在继

[①] 凡·戴克(van Dyck,1599—1641),比利时画家,擅画肖像和神话。在1621年,曾为英王詹姆斯一世服务。

续,我却默默思忖。为了回答这个问题,我必须走出房间,回到过去,具体来说,是回到战争之前,让我自己置身于距离此处不远的其他房间举行的另一场午餐会上。不过是不一样的午餐会,一切都有所不同。客人很多,很年轻,有男士,也有女士,大家正在讨论。聊天进行得非常顺畅且愉快、自由而有趣。当我基于另一场对话的背景,来重新思考眼前的讨论,两相对照时,我毫不怀疑地认为,现在的聊天正是继承了此前的讨论,如出一辙。没什么改变,没什么不同,除了这一点:现在,我侧耳倾听的并不全然是大家在讨论的东西,我还注意到了交谈背后的杂音和气氛。没错,这就是变化所在。战争之前,在这样的午餐会上,人们讨论的东西与现在并无二致,但是听起来是截然不同的。那个时候,人们的聊天伴随着一种低沉含混的声音,并不清晰,但悦耳动听,激动人心,这样的背景音改变了话语本身的意义。有人能为语言添加上那种低沉含混的音调吗?或许诗人能帮点忙。我的手边有本书,打开之后,我随意地翻到了丁尼生①的诗,他正在吟唱:

一滴璀璨的泪珠滴落
来自门前那朵西番莲
她来了,我的鸽子,亲爱的人;
她来了,我的生命,命中注定;
灼红的玫瑰哭泣,"她快到了,她快到了";

---

① 阿尔弗雷德·丁尼生(Alfred Tennyson,1809—1892),维多利亚时代英国桂冠诗人,代表作有《悼念集》等。

纯白的玫瑰呜咽,"她来迟了";
飞燕草正听着,"我听到了,我听到了";
百合低语,"我在等待"。

这是战前的午餐会上来自男士的哼唱吗?女士呢?

我的心如歌唱的小鸟
巢穴高居水畔的幼枝;
我的心如一棵苹果树
累累果实压低了枝头;
我的心如彩虹贝壳
漂浮在宁静的大海;
我的心比这一切都快乐
因为我的爱人就要回来。

这就是战前女士们会吟唱的诗歌吗?

一想到人们在午餐会上哼唱这样的内容,就算是在战前的派对上低声吟诵,我也忍不住笑出了声,甚至要指着窗外的曼岛猫,假装是被它逗笑的。曼岛猫,没有尾巴的小东西,站在草坪正中,的确看起来有点荒谬。它是天生这般长相,还是因为意外丢掉了尾巴?据说,曼岛上虽然真的存在这种无尾猫,但是数量要比想象的更稀少。真是古怪的动物,奇特胜于美貌。一条尾巴就能造就这样的差异,真是蛮神奇的——你懂的,那种午餐会结束,人们拿帽子、取衣服时会说的那种话。

因为主人热情好客,这场午餐会一直持续到下午。十月份的好天气正在走向尾声,当我穿街越巷,沿街落叶飘零。在我身后,一扇扇大门温柔地关闭谢客。数不尽的学监正在给数不尽的上好油的门锁上锁。宝库将度过又一个安全的夜晚。大道的尽头是一条小路,我不记得它的名字了,如果你向右转的话,这条路就会带你来到弗纳姆①。不过,还有不少时间要消遣。七点半才吃晚餐,而且,在这么一顿丰盛的午宴之后,晚上几乎都吃不下东西了。好奇怪,有一小段诗歌在我的脑子里萦绕不去,让我步履不停地走在路上。它们是这么写的——

一滴璀璨的泪珠滴落
来自门前那朵西番莲
她来了,我的鸽子,亲爱的人……

当我疾步走向海丁利②,这段诗歌涌动在我的血液里。接着,当水流被河堰搅动,又跳转到了另一段诗歌:

我的心如歌唱的小鸟
巢穴高居水畔的幼枝;
我的心如一棵苹果树……

---

① 弗纳姆(Fernham),英格兰牛津郡白马谷法林登以南3公里处的一个村庄。
② 海丁利(Headingley),英格兰西约克郡利兹的郊区。

伟大的诗人！我直抒胸臆，黄昏时分，人们总会这样。他们是多么伟大的诗人！

出于一种嫉妒的心理，我在想，在我们这个时代，有没有两位尚且在世的诗人可以与丁尼生和克里斯蒂娜·罗塞蒂①相提并论，尽管这样的比较显得非常愚蠢和荒谬。显然是不可能的，我望着水里的浮沫沉思着，这样的比较是不可能的。那首诗歌之所以让人若有所失，心动神摇，是因为它表达出了我们曾经拥有（或许是战前的午餐会上）的某种感觉，所以我们会如此轻易地、熟悉地作出回应，而不必费心检验这份感觉，或者寻找当下的感觉来比较理解。

可是，当代的诗人总是在表达一种刻意营造或者跟当下剥离的感觉。刚开始，我们辨认不出这种感觉，有时出于某种原因，常常会有点害怕；有时会带着一种警醒的态度进行观察，或者怀着嫉妒和怀疑将其与早已有之的感觉做一番比较。因此，阅读现代诗是困难的，正是因为这份困难，我们常常很难记住两行以上的句子，哪怕它们出自优秀的现代诗人。而且，我的记忆力有点让人失望，所以此处提出的论点因为缺乏实证材料而需要搁置处理。可是，为什么呢？我继续朝着海丁利走去，为什么在午餐派对上不再有诗歌的吟唱？为什么阿尔弗雷德不再歌唱：

她来了，我的鸽子，亲爱的人

---

① 克里斯蒂娜·罗塞蒂（Christina Rossetti, 1830—1894），英国作家，代表作有《小妖精集市》等。

为什么克里斯蒂娜不再回应？

我的心比这一切都快乐
因为我的爱人就要回来。

我们应该把责任归咎于战争吗？1914年8月，枪声响起，从此男士和女士们在彼此眼中显得平淡乏味，浪漫也被扼杀？当然，在炮火的映照下，统治者们的脸庞的确让人心惊肉跳，对那些曾对有识之士抱有幻想的女士们来说，尤其如此。德国人、英国人、法国人，如此丑陋，如此愚蠢。不论将责任归咎于何处，归咎于何人，那种曾经为丁尼生和克里斯蒂娜·罗塞蒂带来灵感的幻想，如今已经变得很稀有了。我们只得去阅读，去观察，去倾听，去回忆。可是，为什么要说"归咎"呢？如果，它是一种幻觉，为何我们不赞美那场浩劫，不论它是什么，赞美它摧毁了幻想，让真实露出面目呢？因为真实……这里的省略号代表地点。为了寻找真实，我错过了前往弗纳姆的路口。没错，什么是真实，什么是幻想？我反问自己。比如说，这些房子所代表的真实是什么？此刻，黄昏时分，夕阳落在红色的窗户上，它们看起来昏暗迷离，带着一点温馨的节日氛围。可是清晨九点，四处散落着糖果和鞋带，它们可能看起来粗糙、猩红、又肮脏。还有河边的柳树、水流和花园，此时雾霭朦胧，别有风致，在阳光下则是金黄一片，哪个算是真实，哪个才是幻觉呢？在此省去那些百转千回的思索路径，因为在去往海丁利的路上，我没有得出任何结论。我只能请大家假设，我很快发现自己转错了路口，折回弗纳姆。

如前所述，当时是十月的某天，我可不能变换季节，描述那些春天的花园墙壁上才会出现的丁香、番红花和郁金香，以免辱没了你们对我的尊敬，并且破坏小说的清誉。小说必须尊重事实，越贴近事实，作品越好，我们常常被如此教导。所以，时节是秋天，叶子就应该变黄、飘落。如果说有什么变化的话，那就是叶子落得更快了，因为已经傍晚了（确切来说是 7 点 23 分），吹起了一阵微风（准确来说来自西南方向）。尽管如此，依然有一些古怪的地方：

我的心如歌唱的小鸟
巢穴高居水畔的幼枝；
我的心如一棵苹果树
累累果实压低了枝头……

或许克里斯蒂娜的诗句要为这种傻傻的幻想负一部分责任。这完全只是幻想：丁香花在花园的墙壁上摇曳生姿，硫黄蝶翩然来去，花粉洋溢在空气中。一阵不知来自何处的风吹起，掀起尚未长成的树叶，银灰色的叶脉在闪动。暮色将至，一切颜色变得浓郁，紫色和金色映照在窗户的玻璃上，仿佛一颗雀跃跳动的心。难以言喻的是，这个世界的美丽如昙花一现，倏然消失无踪。（此时，我推开花园的门，因为，有人似乎疏忽了，忘了关门，学监貌似也不在附近。）即将陨落的美好仿佛利刃，一端欢笑，一端痛苦，甫一落刀，让人心碎。春日的暮色里，弗纳姆的花园铺展在我面前，野趣盎然，空阔明朗，高高的草丛里，水仙花和风铃草随意地散落其间，纵然在最美的花期，或许都有点错落，此刻它们正随风舞动，仿佛要被连根拔起。建筑物上的弧形窗户，宛如船窗，在红墙簇拥而成的巨浪中起伏，春日的暮云瞬息万变，窗户时而呈现出柠檬般的鹅黄，时而变得银光闪闪。有人坐在吊床上，有人——不过此情此景之下，他们也如同幻影，一半是猜测，一半是亲见——在草丛间飞奔，难道没有人阻止她吗？然后，在露台上，出现了一个俯身的身影，似乎是出来呼吸新鲜空气，远眺外面的花园，她额头突出，衣衫破旧，令人生畏，但又显得谦卑，她也是某个著名的学者吗？她是J.H.[①]本人吗？一切昏暗模糊，但又异常鲜明，仿佛黄昏为花园披上的薄纱被星辰或利剑撕裂，某种可怕的现实，从春天的心脏中，跃然而出。因为青春——

汤来了。晚餐在大餐厅里供应。此时并非春天，而是十月的傍晚。所有人聚集在宽敞的餐厅里。晚餐准备好了，汤端上来了，非常普通的肉汤，平平无奇。汤水清澈见底，若是盘底有什么花纹图样，可以一览无余，但是没什么图案，就是个非常素朴的盘子。接着送上来的菜品是配有青菜和土豆的牛肉——一道很家常的混合菜，让人联想到泥泞的菜市场、牛的臀肉、边缘卷曲发黄的菜心、讨价还价的声音、周日早上背着网袋的女人们。没什么理由去抱怨家常菜，菜量充足，矿工们可能都没有这么大的分量。然后是梅干奶油冻。倘如有人抱怨，即使经过奶油冻的浸润，梅干也谈不上是上得了台面的水果（甚至算不上水果），就像守财奴的心脏一般干瘪，泵出的血液流淌在守财奴的血管里，数十年来，他们自己都不舍得享用美酒佳肴，让自己温暖舒适，更别提怜贫惜弱，那他应该想到，就算是梅干，也有人

[①] 简·哈里森（Jane Harrison，1850—1928），英国古典学者和语言学家，古希腊宗教和神话现代研究的开创者之一，被认为是第一个在英格兰取得职业学者职位的女性。

能欣然笑纳。再是饼干和奶酪。水罐在餐桌上不断传送，因为饼干本就干燥，这些饼干更是干到难以下咽。就这些了，晚餐结束了。不断有人推开椅背站起，不断有人推门离开，很快大厅里的食物就被清理干净。毫无疑问，他们已经在为第二天的早餐做准备了。走廊里，楼梯上，英国的年轻人们自由地敲打、吟唱。那么，在这样的情境下，一位客人，一个陌生人（在弗纳姆，我就跟在三一学院、萨默维尔、格顿、纽汉姆或基督堂学院一样，没有什么权利）可以说"晚餐不够可口"，或者说（此刻，我跟玛丽·西顿坐在她的客厅里）"我们就不能在这里单独用餐吗？"要是我敢说出这种话，那就像是在打探和调查这座学院的家底，对于外人来说，这里充满了愉快而勇敢的气氛。没有人敢在此大放厥词。

确实，一时之间，交谈变得兴味索然。人体架构中，心脏、身体、大脑是混合为一体的，而非各自独立。再过百年，依然如此。一顿美好的晚餐对于谈话必不可少。如果我们吃得不好，那么就不能好好思考、好好去爱、好好睡觉。脊柱上的灯，可不会因为牛肉和梅干而点亮。我们或许都将去往天堂，我们希望，下个转角就能遇到凡·戴克。在一天的工作结束后，以牛肉和梅干做晚餐会滋生出来可疑又勉强的心态。幸好，我教科学的朋友有一个橱柜，里面有一小瓶酒和几个玻璃杯（不过应该先来点龙利鱼和鹧鸪打底的），所以我们得以临火闲坐，聊以慰藉白天的生活带来的一点伤害。不过一会儿，我们就开始畅谈，话题不外乎一个人独处时的那些好奇、那些琐事——为什么有的人英年早婚，有的人却迟迟未婚；有的人这么想，有的人却那样思考；有的人因为见多识广而德高望重，有的人虽博学多才却失身匪人——所有对于世界和人性的观察和思考都是这么开始的。只是在论及这些话题的时候,我惭愧地发现,谈话本身自有其运行的逻辑,并非由我掌控。表面来看,大家似乎在谈西班牙、葡萄牙、书籍或者赛马,但我真正感兴趣的绝非如此,而是五世纪以前泥瓦匠在高高的屋顶上所见证的场景。国王和贵族用巨大的袋子装着珍宝,然后将它们埋在地下。这一幕在我脑海里久久不去,与之并列的是,瘦弱的奶牛、泥泞的市场、枯萎的青菜和老人干瘪的心脏。虽然互不相属、天差地别,甚至格外荒诞,但这两幕场景总是同时浮现在我脑海之中,互相缠斗,让我束手无策。除非整场谈话改弦更张,否则我只能将自己的想法和盘托出。运气好的话,这些想法会在暴露于空气中时黯然褪色并碎裂无踪,就像当他们打开温莎古堡的棺木时,先王的头颅所遭遇的一切。于是,我言简意赅地跟西顿小姐讲述了教堂屋顶上的泥瓦匠,国王、王后和贵族们背着成袋的金银,然后把它们埋在地下;以及我们时代的金融大亨如何来到这里,在前人埋金藏银的地方,豪掷支票和债券。我说,所有这些财富都埋藏在那些校园的地下。不过,这所校园呢,我们正在闲坐的地方,在这壮丽的红色砖块和野草蔓生的花园里,又埋下了什么?我们晚餐所用的瓷器,还有(此时我不假思索就脱口而出)享用的牛肉、奶油冻和梅干背后,又潜藏着什么样的力量?

哦,玛丽·西顿说道,那是1860年,不过你已经知道这个故事了,她有点厌倦,我猜是因为讲了太多遍。她告诉我,租好了房子,成立了委员会,寄出了一些邀请信,公告也起草好了。然后会议召开,信件被宣读,大家作出了这样那样的承诺。可是,有位先生最后一分不出。《星期六评论》的报道特别粗暴。我们要怎样才能筹措资金支付办公室的费用？要不要举办个义卖会？就不能找个漂亮女孩撑场子吗？让我们看看约翰·斯图尔特·穆勒①就这个主题发表了什么样的意见。谁能说服某报的编辑把这封信印出来吗？我们能拿到某位夫人的签名吗？某夫人出去了。六十年前，事情大概就是这么办成的，费了许多的功夫。几经周折，千辛万苦，他们才筹到了三千英镑。②所以，很显然，我们不可能要求晚餐有酒，有鹧鸪，还有仆人脑袋上顶着锡盘把菜送上来，她说，我们也不可能拥有沙发和独立的房间。"锦上添花的小物件"，她引用某本书上的话，"只能拭目以待了。"③

想到那些女人年复一年地辛苦劳作，最后连两千英镑都赚不到，以及费尽心思才筹到三千英镑，我们就不得不对女性遭受的理应被谴责的贫穷大感鄙夷。我们的母亲当时在做什么，为什么没有给我们留下遗产？忙着涂脂抹粉吗？或者逛街购物？还是在蒙特卡洛④的阳光

---

① 约翰·斯图尔特·穆勒（John Stuart Mill, 1806—1873）英国哲学家、经济学家、国会议员，19世纪极有影响力的古典自由主义思想家。

② "我们被告知至少该要三千英镑……这不是一个大数目，毕竟放眼大不列颠、爱尔兰和殖民地，这样的学院只此一家，而且要是给男士学校筹款，大笔的资金手到擒来。不过毕竟只有极少的人希望女士接受教育，能筹到这些已经不错了。"——史蒂芬夫人《艾米莉·戴维斯小姐生平与格顿学院》（原文注）

③ "能搜刮到的每一分钱都用在建筑上了，锦上添花的小物件只能拭目以待了。"——R.斯特里奇《事业》（原文著）

④ 蒙特卡洛（Monte Carlo），摩纳哥著名景点，位于法国阿尔卑斯山脚下的一处悬崖上。蒙特卡洛的赌场举世闻名，属于世界富人的豪华游乐场，因此成为炫耀财富和抛金洒银的代名词。

下招摇摆阔？壁炉台上有一些照片，玛丽的母亲——如果那是她的照片的话——闲暇之时一定纵情声色（她跟教会的牧师生了十三个孩子），倘若如此，那些快乐而闲散的生活并没有在她脸上留下太多快乐的痕迹。她相貌平庸，在照片里，这个老妇人围着格子披肩，上面别着一只巨大的胸针。她坐在藤椅上，正在逗弄一只西班牙猎犬，让它看向相机。她一脸被逗乐的表情，但又有点紧张，因为她知道快门一旦按下，小狗一定会乱动。如果她当时去做生意，成为人造丝制造商，或者证券交易所的巨头，如果她能给芬汉姆学院留下二三十万英镑，那么，今晚我们就能自在地闲坐在这里，谈论的主题可能会是考古学、植物学、人类学、物理学、原子的性质、数学、天文学、相对论、地理学。如果西顿夫人和她的母亲以及祖母们学会了赚钱的伟大艺术，并且像她的父亲和祖父们一样，设立研究院和讲师职位，成立奖金和奖学金，那么，简单的禽肉酒水，我们也能甘之如饴；我们或许不用过分的自信，就能期待借着祖荫获取一个捐赠的职位，度过愉快又体面的一生。我们或许就能探索自己的兴趣或者进行写作；在世界各地珍贵的遗迹闲游；坐在帕特农神庙的台阶上沉思；或者十点钟去办公室，下午四点半就自在地回家，写上一首小诗。只是，倘若西顿夫人15岁就开始做生意的话，可能就没有玛丽了——这是讨论中的一个问题。我问，玛丽是怎么想的？窗外是十月的夜晚，平静而可爱，一两颗星星挂在泛黄的树上。她是否准备好放弃今晚的夜色、苏格兰游戏和争吵的记忆（她有一个幸福的家庭，虽然是挺大的一家子）？她总是喋喋不休地赞美苏格兰清新的空气和美味的蛋糕，只为让芬汉姆学院一次获赠五万英镑？毕竟，要成为大学的捐赠人，意味着就要放弃家庭了。既想发大财,又要养育十三个孩子,没人能二者兼顾。让我们考虑一下现实吧。在孩子出生之前有九个月的怀孕期,然后孩子出生了,要花三到四个月来哺乳,接着一定要花五年到十年来陪伴玩耍。你不可能任由孩子们在街上乱跑。有人曾在俄罗斯看到过四处游荡的野孩子,他们说那景象可算不上美妙。人们也说,一岁到五岁,是孩子天性的养成期。我问道,如果西顿夫人一直都忙于赚钱,关于游戏和吵闹,你会拥有什么样的回忆?关于苏格兰,你会有什么样的印象?还会有清新的空气、香甜的蛋糕或者其他东西吗?可是这样的问题是没什么意义的,因为你可能根本都不会存在。同样地,西顿夫人和她的母亲以及祖母,如果拥有大量的财富,并用它们来建造学院、图书馆的话,会发生什么?这样的问题也是没什么意义的。因为,首先,对她们来说,赚钱就是不可能的。其次,即使可能,法律也不会允许她们持有自己赚到的财富。只有在这过去的四十八年里,西顿夫人才有了属于自己的一便士,在此之前的几百年里,所有的财富都属于她的丈夫——或许,正是因为这样,西顿夫人和她的母辈们才会在交易所的门口犹疑徘徊。她们可能会说,我赚的每一分钱,都会被拿走,任由我的丈夫处置——也许是来设立奖学金,也许是在巴利奥尔学院①或国王学院②设立一项奖学金或者资助一个研究院。所以,去赚钱,或者本就拥有赚钱的能力,对自己来说也没什么好处。既然如此,还不如让自己的丈夫去忙活。

---

① 巴利奥尔(Balliol)学院,牛津大学最古老的学院之一。
② 国王学院(king's college),英国伦敦的公立研究型大学。

无论如何,不管是否要将罪名安在一个正注视着西班牙猎犬的老妇人身上,我们都心知肚明,因为某些原因,我们的母亲们对她们自己的事情严重管理不善,没有一分钱能花在"锦上添花的小物件"上,不能花在鹧鸪、美酒、学监、草坪、书籍、雪茄、图书馆和休闲上。她们只能在这片一无所有的土地上建造起光秃秃的墙壁。

我们站在窗前聊天,眺望眼下这座著名的城市的穹顶和塔楼,就像成千上万人每天见到的一样。城市很美,在秋日的月色中显得神秘莫测。白色的石块显得圣洁又庄严。我想到那里收藏汇集的书籍,挂在镶板房里的主教和名人照片;想到彩绘的玻璃在人行道上投下形状变异的地球仪和新月形倒影;想到喷泉、草坪,安静的房间俯瞰着宁静的庭院。而且(请原谅我这样的想法)我也想到了让人沉醉的香烟美酒、舒服的深座扶手椅、迷人的地毯,奢华、隐私和空间所带来的优雅、亲切和尊严。当然,所有与此相关的一切,我们的母亲都不曾提供过,她们就连筹措三千英镑都很费劲,只能在圣·安德鲁斯为教堂的牧师生下十三个孩子。

于是我返回旅馆,走在漆黑的街道上,脑子里思绪万千,仿佛刚刚结束一天的工作。我在想为什么西顿夫人没给我们留下一分钱;物质的贫困对精神有什么样的影响;财富又对思想有什么样的作用;我想到了早上我见到的那些围着毛皮粗绒的古怪老绅士们;我想到了若是有人吹口哨,他们就会急速飞奔;我想到了管风琴的悲鸣和图书馆关闭的大门;我想到了吃闭门羹的不快;又想到了就算能进去,事情可能更糟。我在想,一个性别继承财富,享有充分的安全感,另一个性别却陷入贫困,总是缺乏安全感;传统和缺乏传统对作家思想的影响。最后,我觉得终于是时候将这皱皱巴巴的一天团起来,连同所有的争论、印象、愤怒、欢笑,一起送入垃圾桶。深蓝色的夜空里,群星闪耀。此刻漫步,就仿佛孤身一人面对整个深不可测的社会。所有的人都沉沉入睡——俯卧的、仰卧的、沉默不语的。牛津的街道上,没有人还在活动。旅馆的门甚至像是被一只看不见的手推开的,没有人为我半夜起身,点亮一盏通往卧室的灯,夜太深了。

第二章

　　请跟着我继续走，场景已经发生了变化。依然是落叶飘零的季节，但是此时我们身处伦敦，而非剑桥。我现在请你想象一个房间，就像成千上万的房间一样，站在窗前，略过行人的帽檐、路上的火车和汽车，你可以看到对面的窗户，房间里的桌子上，放着一张白纸，上面用大写字母写着"女人与小说"，仅此而已。不幸的是，在"牛桥"享用完午餐和晚餐之后，有一项不可避免的流程，那就是参观大英博物馆。只有过滤掉这些个人的、偶然的印象碎片，我们才能获得纯净的液体：真理的精油。在那次"牛桥"之行的午餐和晚餐会上，引发了一堆的问题。为什么男性可以喝酒，而女性只能喝水？为什么一种性别如此富裕丰饶，而另一种性别却贫困潦倒？贫穷对小说究竟产生了什么样的影响？什么是创作艺术作品所必须的条件？——难以计数的问题立刻自行涌现。但是我们需要答案，而非问题；答案只能通过咨询博学多闻、不带偏见的人才能获得，他们已经摆脱了口舌之争和身体的困扰，将他们的推论和调查结果陈列在了大英博物馆里。如果，真理不在大英博物馆的书架上，那么，我拿起自己的笔记本和铅笔，质问自己，真理究竟要去何处找寻？

准备就绪，带着自信和好奇，我出发去寻找真理。那天没雨，但是天气阴沉，博物馆附近的街道满是敞开的煤坑，大袋的煤炭正在倾倒。四轮马车停在人行道上，上面装载着绳子绑好的箱子，里面或许是某个瑞士或意大利家庭的全部家当，到了冬天，这些箱子会出现在布卢姆斯伯里①的某间寄宿公寓里。他们来到这里，谋求生计、庇护、财富，或者其他令人神往的物品。一如往常，嗓音粗糙的卖花郎载着盆栽，走街串巷叫卖。有的大声吆喝，有的高声吟唱。伦敦就像一个工厂、一台机器，我们像梭子，在素色的底色上来来回回地运行，钩织出花纹。大英博物馆犹如工厂的另一个部门。旋转门打开，当你站在那辽阔的穹顶之下，就仿佛变成了一个念头，出现在高阔的前额上，而这前额四周还很有排场地环绕着一些显赫的姓名。走向借阅台，拿出卡片，打开书目……这五个点代表五分钟的错愕、惊奇和困惑。你知道一年里会写出多少本关于女性的书籍吗？你知道其中有多少是男性写的吗？你是否知道自己或许是宇宙中被讨论得最多的动物？我带着笔记本和铅笔来到这里，打算用一个上午的时间来阅读，

---

① 布卢姆斯伯里（Bloomsbury），位于英国伦敦西区，是众多文化、知识、教育机构所在地，是伦敦的知识和文学中心。

希望早晨结束时，我能将真理写在自己的笔记本上。但是，我觉得我需要成为一群大象、许多蜘蛛，就是那些寿命最长、眼睛最多的动物，才能应对这一切。我需要金刚爪和黄铜喙才能穿透外壳。我怎么可能从如此堆山积海的书本中找到真理的细砂。我询问自己，然后绝望地扫视长长的书单。就算是书名都要费很多工夫来思索。性别及其本质可能会吸引医生和生物学家，但是令人惊讶并且不解的是，性别，也就是女人，居然吸引了讨人喜欢的散文家，技法娴熟的小说家，获得硕士学位的年轻人，没有学位的人，还有除了不是女人之外显然缺乏特长的男人。从书名来看，有些书显得轻浮又滑稽，另有一些书，则正儿八经，带有预言、道德和规劝性质。仅仅是阅读标题，就让人想到无数的校长、牧师登上讲台和讲坛，滔滔不绝地宣讲，远远超过了这个主题一般的时长。这是一个非常奇怪的现象，很显然——我查阅了M开头的图书——仅限男性。女人不会写关于男人的书，想到这个事实我不禁舒了一口气，因为若是我要先读男人写女人的书，然后又要读女人写男人的书，那么，在我动笔之前，一百年才开一次花的芦荟估计都得花开二度。于是，从一打目录里精挑细选之后，我将卡片放回托盘，回到座位上，等着图书管理员将纯粹的真理送出来。

那么，这种怪异的差异究竟是如何造成的呢？我一边思索，一边在英国纳税人提供的本该用在其他方面的纸片上信手划拉。就从这个目录来说，为什么男性对女性的兴趣，要远高于女性对男性的？这似乎是一个很有意思的事实，我在脑海里漫无边际地描绘着这类男性作者的生活，无论老迈还是年轻，已婚还是未婚，红鼻子还是驼背，不管怎么样，成为关注的焦点，似乎总归是一件让人荣幸的事情，只要这种关注不都来自残疾体弱者——我想东想西,直到数十本书滑落在我面前的桌子上,打断了我的思路。现在,麻烦来了。在"牛桥"受过研究训练的人,无疑有能力从纷乱发散的问题中梳理出思路,得出答案,就像将散漫的羊群赶入羊圈。比如,我旁边坐的这个学生,正在孜孜不倦地摘抄着一本科学手册,我打包票,他一定每隔10分钟就从原始的知识矿石里提取出一些纯正的金块。要不然他怎么会时不时地发出满意的咕哝声。不过,不幸的是,要是一个人没有接受过大学的训练,那就绝不是羊群归圈,而是在一群猎犬的追捕下,羊群四散,东奔西跑。教授、校长、社会学家、牧师、小说家、散文家、记者,还有除了不是女人之外别无长处的男人们,追着我问一个简单的问题——为什么女性如此贫困?——直到这一个问题变成了五十个问题,这五十个问题慌不择路地跃入中流,然后消失不见。我笔记本的每一页都扎扎实实地挤满了文字。为了还原我当时的思绪,我给大家读几段,这一页的标题非常简明,大写着"女性与贫困",不过接下来的文字是这样的:

中世纪的情况,
斐济岛的习惯,
作为女神被尊崇,
道德感更薄弱,
带有理想主义,
更强大的责任心,
南海的岛民,正值青春,

富有吸引力，

作为贡品被献祭，

脑袋容量很小，

潜意识更深刻，

身体上毛发较少，

精神、道德、身体都处于劣势，

喜欢孩子，

寿命更长，

肌肉较少，

充沛的感情，

强烈的虚荣心，

受教育程度更高，

莎士比亚的观点，

伯肯黑德伯爵[①]的看法

英奇神父[②]的想法

拉布吕耶尔[③]的观念

[①] 伯肯黑德勋爵（Lord Birkenhead），弗雷德里克·埃德温·史密斯（Frederick Edwin Smith，1872—1930），英国保守党政治家、大律师。

[②] 英奇神父（Dean Inge），威廉·英奇（William Inge，1860—1954），英国作家、圣公会神父、剑桥大学神学教授和圣保罗大教堂的院长，曾三次获得诺贝尔文学奖的提名。

[③] 拉布吕耶尔（La Bruyère，1645—1696），法国哲学家、道德家，以讽刺作品著称。

约翰逊博士①的意见

奥斯卡·勃朗宁②的论断……

到这里我歇了一口气,然后补充道,事实上是在页边加了批注,为什么塞缪尔·巴特勒③说:"聪明的男人从来不说他们如何看待女人?"很明显,聪明的男人也不会对其他事情指手画脚。但是,我继续思考,身体向后靠在椅子上,(抬头望着空旷的穹顶)一个念头牵扯出纷繁的思绪。实在不幸的是,关于女性,聪明的男人从来都是众说纷纭。看看蒲柏④:

大部分女人毫无个性。

再听听拉布吕耶尔:

女人爱走极端;要么比男人好,要么比男人坏——

这些论调可是跟当代那些敏锐的观察家们截然相反。她们有能力

---

① 约翰逊博士(Dr. Johnson),塞缪尔·约翰逊(Samuel Johnson,1709—1784),英国作家、诗人、评论家,他用9年时间编纂《英语大辞典》,被誉为"最伟大的学术成就之一"。
② 奥斯卡·勃朗宁(Oscar Browning,1837—1923),英国教育家、历史学家。
③ 塞缪尔·巴特勒(Samuel Butler,1835—1902),英国小说家、批评家。
④ 亚历山大·蒲柏(Alexander Pope,1688—1744),英国诗人、翻译家、讽刺作家,代表作有《批评论》等。

接受教育吗?拿破仑认为没有,约翰逊博士认为有①。她们有没有灵魂?一些粗野的人认为没有,另一些人恰恰相反,他们认为女性带有半神的属性,因此崇拜她们②。有些哲人认为女性头脑粗浅,另一些则觉得她们拥有更深层的意识。歌德③讴歌她们,墨索里尼④鄙视她们。一旦男人谈到女人,他们总是意见相左。我懂了,要将这些纷乱的观点梳理出个头绪实在是不太可能,所以不无羡慕地瞥了一眼邻桌的同伴,他正在制作整洁的摘要,用 A、B、C 标记得清清楚楚,而我的笔记本上只有观点相悖的潦草涂鸦。这让人痛苦,惹人困惑,令人屈辱。真理从我指间溜走,一滴都不剩。

我不可能就这样打道回府,只知道女性的身体毛发比男性更少,南海岛民的青春期是九岁,或者九十岁?然后把这些东西当作"女性与小说"研究的严肃结论,更别提手写的字迹都难以辨认了。花费了一早上的工夫,却没有任何更有分量,或者让人钦佩的成果产出,那可真是太让人羞愧了。如果我无法掌握关于 W(为了简洁起见,我就这么称呼女性)的过去的真理,那又何谈 W 的未来呢?向所有专事女性或女性影响研究的绅士们咨询这个问题,不论话题涉及政治、

---

① "'男人知道女人比他们强,所以总是选择最软弱、最无知的女人。倘若他们不这么想,那就不必害怕女人知道的跟他们一样多'……为了对另一性别表示公允,我要坦率地承认,在接下来的谈话中,他将对自己的发言负责。"——博斯韦尔《赫布里底群岛之旅日记》(原文注)

② "古代的德国人认为,女性身上具有某种神圣的东西,因此他们将女性视为神谕。"——弗雷泽《金枝》(原文注)

③ 约翰·沃尔夫冈·冯·歌德(Johann Wolfgang von Goethe,1749—1832),德国诗人、剧作家、小说家,代表作有《少年维特之烦恼》《浮士德》等。

④ 贝尼托·墨索里尼(Benito Mussolini,1883—1945),意大利政治家。

孩子、薪酬、道德，似乎纯属浪费时间，尽管他们人多势众而且博学多识。这些男性写的书，还是别翻开为好。

不过，我一边无精打采又心灰意冷地沉思，一边却不知不觉地画出了一幅图，就在我本该像邻桌的同伴一样写下结论的地方，我一直在画一张脸、一幅肖像。这是冯X教授的面庞和肖像，他正在撰写一本巨著《女性的心理、道德和生理劣势》。他并不是受女性喜爱的那种男人：身材魁梧、下颌宽大，显得眼睛很小；他面色绯红，在激烈的情绪下奋笔疾书，鼻尖戳纸的样子，仿佛不是写字，而是杀死害虫，但就算他真的杀掉了它，也不会心满意足。他一定要不断地刺杀它，即使如此，仇恨和愤怒还是没法完全消解。是因为他的妻子吗？我望着图片，暗自发问？她爱上了一个骑兵军官？这位军官身材修长、风度翩翩，披着一件俄罗斯毛皮大衣？或者，根据弗洛伊德的理论，他还在摇篮里时，曾被一个漂亮女孩嘲笑过？因为，就算尚在婴儿阶段，我猜，教授也绝对不是个讨喜的孩子。不管是出于什么原因，在我的素描里，当他在写关于女性的精神、道德和生理劣势的皇皇巨著时，教授看起来特别的愤怒，非常丑陋。用信手涂鸦的绘画，来结束这个颗粒无收的上午，实在显得闲散怠懒。可是，正是在闲暇之余，在梦境之中，被湮没的真理有时才会浮出水面。心理学中有一个非常基础的知识，这里还用不上心理学分析，告诉我，看看我的笔记本就知道，这幅恼羞成怒的教授素描正是在激愤中画出来的。在我心飞神驰的时候，愤怒夺走了我的画笔。但是愤怒究竟在这里做了什么呢？好奇、困惑、愉悦、无聊——这些情绪在早上接踵而至的时候，我能追溯到它们的踪迹，也知道它们具体是哪种情绪。难道说，愤怒，就像一条黑蛇，一直潜伏在它们中间？没错，素描可以证明，愤怒的确隐藏其间。它让我准确无误地想起了那本书，那个短语，正是它们诱发了恶魔；就是教授认为女性在精神、道德和生理上低人一等的观点。我心脏狂跳，脸颊烧红、怒火中烧。这种发言没什么新奇之处，可是多么愚不可及。谁会乐意被告知自己天然要比男人略逊一筹——我看了看身边的学生——他呼吸粗重，戴着一根免打结懒人领带，看起来有两周没剃胡子了。每个人都有点愚蠢的虚荣心。这是人的本性，我一边想一边开始在教授愤怒的脸上画车轮和圆圈，直到他看起来像起火的轮子或者说燃烧的彗星，不管怎样，变成了一个没有任何人类痕迹的幽灵。现在，教授不过是汉普斯特德荒原①顶上，一根灼灼燃烧的烧火棍。很快，我的愤怒得到了解释，并且平息了下来，不过还是很好奇：我们要如何解释教授的愤怒？为什么他这么生气？当我们开始分析这些书本留下来的印象，总是能感觉到一种温度的存在。这种温度赋形于各种情绪：讽刺、感伤、好奇、斥责。但是还有一种东西，常常存在，但没法被立即识别。我称之为愤怒。这种愤怒是各种情绪的底色，并且跟这些情绪混合在了一起。从最后怪异的效果来看，这是一种经过伪装的、复杂的愤怒，不是简单而敞亮的愤怒。

不论教授为何生气，看着桌上的书堆，我想，这些东西对于实现我的目标，可以说是毫无助益。这些书在科学上一文不值，但充满了人性特色：好为人师，偶尔有趣，有时无聊，还有很多关于斐济岛民的怪异风俗。它们是在赤红的情绪之中写就，而非在纯白的真理之光

---

① 汉普斯特德荒原（Hampstead Heath），伦敦的一处古老荒原，占地320公顷，是伦敦的最高点之一。

里诞生。所以，它们必须被放回图书馆中央的书桌，然后回归各自的壁匣，就像蜂群返回巢穴。这一整个早上我的收获只有一个，那就是愤怒。教授们——我将他们归为一类——很愤怒。可是，为什么呢？我很疑惑，还了书之后，我站在廊柱之下，在鸽群和史前的独木舟之间，不停地发问，究竟是为什么？他们为何生气？我一边思索着这个问题，一边闲逛着去找一个吃午饭的地方。当他们愤怒的时候，这种愤怒的真正本质是什么？我坐在大英博物馆旁边一个小餐厅里，午餐时间，这个问题会一直纠缠着我。之前在这里用餐的人，在椅子上落下了一份晚报的午间副刊。等餐的间隙，我开始阅读报纸上的标题。大写的字母如缎带般横跨整个版面。有人在南非取得了惹人瞩目的成绩。小一点的字母缎带宣称奥斯汀·张伯伦爵士[①]正在日内瓦。还有一些消息是，地窖里发现了一把带有人类毛发的切肉刀。法官在离婚法庭上对寡廉鲜耻的女人评头论足。还有一些消息散落在页面上。一名电影女演员从加利福尼亚山峰被吊着下降时，悬置空中。天气很快就会起雾。我想，倘若有访客降临地球，只能待非常短暂的一点时间，要是他捡起这份报纸，从这些只言片语的证词中，也一定能意识到，英国正处于父权制的统治之下。从理智上来说，所有人都能发觉到教授的支配地位，他就是权力、金钱和影响力的化身。他就是该报的所有人、主编和副主编。他是外交大臣、大法官。他是板球运动员。他坐拥赛马和游艇。他是公司的负责人，可以让股东获得200%

[①] 奥斯汀·张伯伦（Sir Austen Chamberlain, 1863—1937），英国政治家，首相内维尔·张伯伦同父异母的哥哥，曾担任英国财政大臣、外交部长等。1925年因促成洛迦诺公约而和美国人查尔斯·盖茨·道斯一起获得诺贝尔和平奖。

的回报。他将女演员悬置在半空中，并且裁决切肉刀上的毛发是不是属于人类。他将宣判罪犯是否有罪，是该处以绞刑，还是无罪释放。除了天空中的雾气，他似乎能够掌控一切。然而，他很愤怒，而且我知道他很愤怒。在我阅读他所写的关于女性的内容时，我思考的并不是他说了什么，而是他本人。当一个论述者冷静平和地表述自己的观点时，他的焦点就在论点中，读者也是。如果他从容不迫地评论女性，使用无可争辩的论据来阐述，并没有表现出对某一种结果的执念，那么读者也不会动气。我们会接受这一事实，就像我们接受豌豆是绿色的、金丝雀是黄色的。我应该会说，那就这样吧。可是，我很气愤，因为他的愤怒。翻阅着报纸，想到一个手握大权的男人竟然还要愤怒，这可真是荒谬。或者说，我在想，愤怒，或者类似的情绪，是不是权力的伴生物？比如说，富人常常愤怒，因为他们怀疑穷人觊觎他们的财富。教授们，更确切地说，是男权统治者们愤怒，部分是出于这个原因，部分原因则没有体现在明面上。或许，他们根本就没有"愤怒"。事实上，在私人的生活关系里，他们往往是让人钦佩、忠诚不二的模范。或许，当教授过于强调女性的劣势时，他关心的并非她们的劣势，而是自己的优势。这才是让他急吼吼、兴冲冲地要保卫和强调的领地，因为这是他最珍视的宝物。不论是男性还是女性——我望着街上人群熙熙攘攘，生活同样艰巨、困难，是一场永恒的战斗，需要我们付诸无穷的勇气和无尽的力量。或许，对我们这样耽于幻想的生物，最需要的是自信。没有自信，我们就如同摇篮里的婴儿。那么，我们如何才能最快地生出这种无法估量又无比重要的品质？通过觉得别人低你一等，通过自恃有某种与生俱来的优越感——

财富、等级、笔直的鼻梁，或者罗姆尼①为你祖父画过像——这种可悲的想象力可以说是无休无止。所以说，对于一个不得不去征服、去统治的男性统治者来说，自以为比大部分人，准确来说，是比女性，更高一等，是非常重要的。这一定是他权力的主要来源之一。不过，当我带着这份观察，重新打量现实生活，它有助于解释我们在日常生活中遇到的那些心理学难题吗？它可以解释Z先生带给我的惊诧吗？那天，这位最仁慈、最谦卑的男性，拿起丽贝卡·韦斯特②的书，读了一段后，惊呼道："这个彻头彻尾的女权主义者！她竟然说男人是势利小人！"这样的夸大其词，对我来说，是非常吃惊的——韦斯特小姐只是对另一种性别作出了一个大概率正确但没那么客气的评价，她就变成了彻头彻尾的女权主义者？——因为这句惊呼不只是受伤的自尊心在哭喊，还是在自己的权力受到侵犯后发出的抗议。几百年来，女性一直充当着镜子的角色，她们拥有一种神奇美妙的魔力，可以让男性的身影增大一倍。如果没有这种魔法，地球恐怕依然是洪荒沼泽、密林草莽。所有战争的荣耀籍籍无名。我们或许依然在羊骨的残骸上刻画鹿的轮廓，用以物易物的方式拿燧石换取羊皮，或者任何满足我们朴素品味的装饰品。沙皇和恺撒永远不可能戴上王冠，又丢掉它们。无论在文明社会中有什么用途，对于所有的暴力和英雄行为来说，镜子都必不可少。这就是为何拿破仑和墨索里尼都如此坚持强

---

① 乔治·罗姆尼（George Romney，1734—1802），英国肖像画家，曾为很多社会领袖人物画过肖像。
② 丽贝卡·韦斯特（Rebecca West，1892—1983），英国作家、记者、文学评论家，代表作有《黑羊与灰鹰》《士兵归来》等，因女性主义、社会评论和文学评论而闻名，被认为是20世纪女性主义思想和文学的先驱之一。

调女性的劣势,若非如此,男性又怎么会显得更高一等?这也解释了,为何女性对男性来说不可或缺。这也就能解释,她的批评会让他们多么焦躁不安。倘若她说这本书不好,这幅画平平无奇,或者任何类似的话,比起一个给出同样评价的男性,怎么可能不会带来更多的痛苦,激发更强烈的愤怒?因为一旦她开始说真话,哈哈镜里的身影就会瞬间萎缩。他们在生活中游刃有余的姿态将会消失。他们要如何继续评判是非,教化民众,制定法律,著书立说,盛装打扮,然后在宴会上侃侃而谈,除非他们能每天至少两次,在早餐、晚餐时分,确认自己要比实际的形象高大一倍?我一边思索,一边揉碎面包,搅动咖啡,时不时地抬头看看街上来往的行人。镜子中的形象是非常重要的,因为它会补充生命活力,刺激神经系统,拿走它的话,就像带走瘾君子手里的可卡因,男人可能会死掉。望着窗外,我想到,在人行道上,竟然有一半的人是在这种幻觉的驱使下去工作。在宜人的晨光中,他们戴上帽子,穿好外套,自信满满又勇气十足地开启新的一天,相信自己在史密斯小姐的茶会上一定会大受欢迎。走进房间的时候,他们还会告诉自己,我比这里一半的人更加优越,正因如此,他们才能以一种信心十足、毋庸置疑的姿态高谈阔论,这对公共生活产生了非常深远的影响,也在个人的心里留下许多未解的疑窦。

不过,为男性心理学做贡献是一门危险又迷人的课题——如果一年有五百英镑收入的话,你就可以研究一下——因为要支付账单,我的思路被打断了。一共五先令九便士。我递给侍者十先令的钞票,他去给我找零了。我的钱包里还有一张十先令的钞票。我之所以注意到这一点,是因为这是另一件让我窒息的事实——我的钱包有自动长出十先令钞票的能力。每当我打开钱包,钞票就在那里。社会为我提供鸡肉和咖啡，床铺和住处，换取我姑妈留给我的纸币，原因无他，不过是我跟她同姓。

我姑妈，玛丽·贝顿，死于一场骑马的坠落事故，当时她在孟买。遗产的消息是晚上送到的，同一个时刻，我们收到了女性投票权法案通过的消息。律师的信件投入邮箱，打开信件后，我发现她留给我每年五百英镑的遗产。在投票权和遗产之间，毋庸置疑，我觉得钱更重要。在此之前，我靠在报纸上找零工过活，撰写那种当地有驴子演出或者婚姻的报道，为老夫人读书，制作手工花束，教幼儿园的孩子识字。1918年之前，对女性开放的工作，无非这些。我觉得，我不需要为你细细描述这些工作的困难，因为你一定认识一些从事这类工作的女性，或者说，你自己就了解，靠这类营生赚来的钱生活是多么困难。不过，这些工作和那些日子在我心中滋生的恐惧和痛苦要远胜于这两者。首先，做一些自己不愿意做的工作时，我们就会像奴隶一样，阿谀奉承、卑躬屈膝，或许不必总是如此，但似乎也不可避免。而且，风险太大，不值得一试。还有就是，天赋以及自我和灵魂的消亡。这种天赋也许非常微小，但对拥有者来说极其珍贵，掩藏就相当于死亡，仿佛春花朽败，树心蚀坏。不过，正如我所说的，我的姑姑去世了。每当我换一张十先令的钞票，锈迹就会脱落一点，恐惧和痛苦就会消散一些。是真的，我思忖着，同时将银币塞进钱包，想想那些贫苦的日子是多么痛苦，稳定的收入会让一个人的脾气产生多么巨大的改变啊。世界上没有任何力量可以夺走我的五百英镑，食物、房间、衣服永远都是我的。如此一来，不只是没有了辛苦和劳作，仇恨和苦痛也会烟消云散。我不需要痛恨任何男性，他伤害不了我。我也不需要奉承任何男性，他什么都给不了我。不知不觉间，我发现自己采用了一种新的态度来对待另一半的人类。从整体的角度来指责任何阶级和性别都是很荒谬的。他们遭受着不受自己控制的本能驱使。他们，不论是族长，还是教授，一样会面临无尽的困难、可怕的弊病。他们接受的教育可能跟我自己接受的一样有问题，在他们身上滋生了同样的毛病。诚然，他们有钱有势，但代价就是胸中盘旋着一只鹰，一只秃鹰，一刻不停地撕肝、啄肺——占有的本能、猎取的激愤，驱使着他们永远渴求他人的土地和物品，划定边界，树立旗帜，建造战舰，研发毒气，甚至不惜以自己和子孙后代的生命献祭。大步踏过海军拱门（我已经到了那座纪念碑），或者任何陈列奖杯和大炮的街道，怀念曾经获取的荣耀。或者在迷人的春光里，看着股票交易员和大律师们在室内赚钱，赚更多更多的钱。当一个人只要有五百英镑，就足以在阳光里愉快地生活。我认为，这些都是令人不悦的本能，由各种优渥的生活条件，在文明的匮乏中哺育而来的。我看着剑桥公爵的雕像，特别是他三角帽上的羽毛，以一种它们从未经历过的审视眼光。当我渐渐意识到这些缺点，恐惧和痛苦开始转化为遗憾和宽容，接着一两年内，遗憾和宽容也都消失了，只有巨大的释怀，成为一种思考事物本身的自由。比如说，那栋建筑，我喜欢吗？那张照片，它漂亮吗？在我看来，这是一本好书吗？确实，我姑母的遗产为我拨云见日，让我看到了开阔的天空，而不是弥尔顿让我瞻仰崇拜的、高大威严的绅士巨像。

这样思考着、推测着，我顺着河边找到了回家的路。灯火正在点亮。从早上到现在，伦敦发生了难以描述的变化。就仿佛这台巨大的机器劳作一天后，在我们的帮助下，编织出了几码美丽动人的布匹——鲜红的缎面上闪现着许多赤红色的眼睛，黄褐色的怪物喷涌着火热的呼吸。就连风都像旗子一样飘扬，拍打着房屋，围板嘎嘎作响。

不过，我居住的小街上弥漫着家庭氛围。油漆工正从梯子上爬下来，保姆小心翼翼地推着婴儿车进进出出，准备茶点；运煤工将他的空袋子一一叠好；蔬菜店的女店主戴着红色连指手套，正在盘点当日的营收。可是，我如此沉浸于你们置于我肩头的问题，如果不是因为有一个中心将他们统摄在一起，我都看不见这些寻常的景象。我认为，相比一个世纪以前，如今更难说出哪个职业更高一等、更有必要。挑煤工和女仆，哪个工作更好？抚育八个孩子长大的女佣，比能赚十万英镑的大律师有更大的社会价值吗？问这样的问题是没什么用的，没人能回答。不只是因为，几十年来，女佣和律师的价值比较排序一直起起落落，就算如今，我们也没有什么衡量标准来让两者一较高下。我曾愚蠢地要求，教授为他关于女性的论述提供"不可辩驳"的证据。即使有人现在可以说出任何一种天赋的价值，但是时过境迁，那些价值也会随之而变；在一百年的时间里，它们可能迥然不同。而且，我觉得，一百年后，女性也将不再成为被保护的性别。此时我走到了门口。从逻辑上来讲，她们会参与曾经将她们拒之门外的所有活动和劳动。女仆将去挑煤。女店员会去开车。基于女性作为被保护的性别这一事实，我们所作出的所有假设都会消失不见，比如说（有一队士兵正在街上游行），女性、牧师和园丁要比其他人活得更久。如果抛开性别保护，让她们从事同样的劳动和活动，让她们成为士兵、水手、司机和码头工人，女性会比男性死得更早、更快吗？有人会说"今天,我看到了一位女性",正如以前常说,"我看到了一架飞机"。当女性不再成为被保护的性别,一切都可能发生。我打开门。但是,这一切跟我的主题——女性与小说——又有什么关系呢?我发出疑问,走进房门。

第三章

真让人失望,到了晚上,我还是没有带回一些重要的陈述和事实。因为这样或者那样的原因,女人比男人更穷。或许我们还是放弃寻找真理,接受那些如岩浆般炽热,如洗碗水一般浑浊的意见如雪崩般砸落在头顶。最好还是拉上窗帘,排除干扰,打开台灯,缩小搜寻范围,问一问历史学家,他们不阐述观点,只记录事实,他们会描述女性曾生活在什么样的条件下,也不用纵观历史,只需要聚焦于英国的伊丽莎白时代。

这是一个一直以来都很困扰我的问题:为何女性鲜少写出伟大的文学作品,而男人里有不少会写歌谣和十四行诗。我自问,女性曾生活在什么样的条件下,因为小说,作为一种需要借助想象力的作品,不会像科学一样,如鹅卵石般掉落在地上；小说就如同蜘蛛网，总是轻微地依附，也需要勾连在生活的四角。通常情况下，这种依附是很难察觉的；比如说，莎士比亚的喜剧，看起来是完全独立无依的。不过，当这张网被扯歪，边缘勾住，中间撕破，我们就知道，这些网不是非物质的生物凭空织就的，而是受苦受难的人类的成果，跟物质，比如金钱、健康和我们居住的房子紧密相关。

所以，我走到历史书架前，取下一本最新的书，特里威廉①教授的《英格兰史》。我再次检索"女性"这个词汇，找到位置以后翻到指定页面。"殴打妻子"，我读到，"作为一项公认的男性权力，被毫不羞愧地广泛实践，不论其社会地位是高是低……如出一辙"，历史学家继续写道，"女儿如果拒绝嫁给父母选好的绅士，她就会被关起来，在家里遭受暴力对待，公众舆论对此毫无异议。""婚姻无关个人感情，而是家族联姻，尤其在追捧'骑士精神'的上层家族……一方甚至是双方尚且在襁褓之中时就早早订婚，然后在尚未脱离保姆照料的时候结婚。"这样的故事发生在大约1470年，乔叟的时代之后不久。下一个提到"女性"的地方就是两百年之后，斯图亚特王朝时代。"上层和中层家庭的女性，自行选择丈夫的情况实属例外。一旦嫁给某个人，他就是主人，至少在法律和习俗中如此约定。"即便如此，特里威廉教授总结道："无论是莎士比亚笔下的女性，还是17世纪回忆录中真实的女性，比如弗尼和哈金森，似乎都不乏个性和特

---

① 特里威廉（G. M. Trevelyan，1876—1962），英国历史学家，1940年起担任剑桥三一学院院长，代表作有《英格兰史》《自传及随笔》等。

色。"当然,如果我们仔细想想,克莉奥佩特拉①显然个性鲜明,麦克白夫人②也有自己的想法,罗莎琳德③或许是个富有魅力的姑娘。当特里维廉教授说,莎士比亚笔下的女性不乏个性和特色时,他不过是实话实说。不用历史学家,普通人可能会追溯得更远,并且认为,从最开始,所有诗人的所有作品中的女性形象都如灯塔般闪耀——剧作家笔下的克吕泰涅斯特拉④、安提戈涅⑤、克莉奥佩特拉、麦克白夫人、费德尔⑥、克瑞西达⑦、罗莎琳德、苔丝狄蒙娜⑧、马尔菲公爵

---

① 克莉奥佩特拉(Cleopatra),古埃及托勒密王朝最后一位女王,这里指莎士比亚戏剧《安东尼与克莉奥佩特拉》中的主人公。
② 麦克白夫人(Lady Macbeth),莎士比亚悲剧《麦克白》中的主角,麦克白的妻子。
③ 罗莎琳德(Rosalind),莎士比亚戏剧《皆大欢喜》中的人物,因其韧性、机智和美貌而著称。
④ 克吕泰涅斯特拉(Clytemnestra),古希腊神话中的人物。迈锡尼国王阿伽门农的妻子。在古希腊悲剧作家埃斯库罗斯的《俄瑞斯忒亚》中,她与人通奸,并在家中暗杀了阿伽门农。
⑤ 安提戈涅(Antigone),古希腊神话中的人物,俄狄浦斯的女儿。在古希腊悲剧作家索福克勒斯的《安提戈涅》中,她为了安葬背叛城邦的哥哥,公然违背国王克瑞翁的决定,最后被处死。
⑥ 费德尔(Phedre),法国喜剧作家拉辛的作品《费德尔》中的人物,国王忒赛的第二任妻子,爱上了继子依包利特,在国王归来后污蔑依包利特对其强奸未遂,招致忒赛请求海神惩罚自己的儿子,最后费德尔向国王告知真相并服毒自尽。
⑦ 克瑞西达(Cressida),特洛伊战争故事中的人物,曾出现在乔叟的叙事长诗《特洛伊罗斯与克瑞西达》、莎士比亚的戏剧《特洛伊罗斯与克瑞西达》等作品中,因背弃爱人,通常被视为反复无常女性的典型。
⑧ 苔丝狄蒙娜(Desdemona),莎士比亚戏剧《奥赛罗》中的人物,威尼斯公国元老的女儿,与黑人奥赛罗相爱并私奔,后被受人挑唆的奥赛罗掐死。

夫人①，散文作家笔下的米拉曼特②、克拉丽莎③、贝基·夏普④、安娜·卡列尼娜⑤、爱玛·包法利⑥、德·盖尔芒特夫人⑦——这些名字涌上心头，她们也绝不是"缺乏个性和特色"的人物。的确，如果女性只出现在男性作家写的小说里，我们一定会以为她：举足轻重、千变万化；英勇无比，卑鄙刻薄；光彩照人，污秽肮脏；绝世美艳，丑

---

① 马尔菲公爵夫人（Duchess of Malfi），英国剧作家约翰·韦伯斯特的戏剧《马尔菲公爵夫人》中的人物，寡居的公爵夫人因与管家秘密结婚，惹怒了她的兄弟斐迪南德公爵及主教。他们让公爵夫人受尽精神和肉体折磨后将她杀死，并掐死了她的两个儿子。
② 米拉曼特（Millamant），英国剧作家威廉·康格里夫的戏剧《如此世道》中的人物。
③ 克拉丽莎（Clarissa），英国作家塞缪尔·理查森的书信体小说《克拉丽莎》中的主人公。
④ 贝基·夏普（Becky Sharp），英国作家萨克雷《名利场》中的女主角。在小说中被描绘成一个不择手段想要跻身上流社会的女人，不惜以色相巴结权贵豪门的男人。
⑤ 安娜·卡列尼娜（Anna Karenina），俄国作家托尔斯泰小说《安娜·卡列尼娜》中的主人公，安娜与伏伦斯基发生婚外情后私奔，最后绝望自杀。
⑥ 爱玛·包法利（Emma Bovary），法国作家福楼拜小说《包法利夫人》中的主人公，生性浪漫的爱玛因婚后苦闷，开始婚外情，最后债台高筑，服毒自尽。
⑦ 德·盖尔芒特夫人（Madame de Guermantes），马赛尔·普鲁斯特小说《追忆似水年华》中的人物。

陋不堪；像男人一样伟大，甚至比男人更优秀①。不过这是小说中的女人。现实中，正如特里威廉教授指出的，她被关在屋内，被殴打欺辱，在房间里被推来搡去。

于是，就出现了这样一个非常古怪的复合体：在想象中，她至关紧要；在现实里，她无足轻重。在诗歌里，她无处不在；在历史中，她无迹可寻。在小说中，她主宰着国王和统治者的命运；在现实里，只要有男孩的父母迫使她戴上戒指，她就变成了男孩的奴仆。在文学中，她会发表最发人深省、最深刻隽永的言论；在生活中，她识字不多，不会拼写，只是她丈夫的个人财产。

要是先读历史，后读诗歌，我们会构想出多么离奇的怪物——长着如鹰般翅翼的蠕虫，生命与美丽的精魂在厨房里叮叮当当地剁着板油。可是，无论想象多么新奇有趣，这些怪物实际并不存在。要让她栩栩如生，我们就要既饱含诗意又平淡朴实地思考。因此，要联系现

---

① 有一个几乎无法解释的离奇现象：在古希腊的城邦里，女性遭受着许多的压迫，或者是宫婢，或者是苦力，可是在戏剧的舞台上，却塑造出克吕泰涅斯特拉、卡桑德拉·阿托萨、安提戈涅、费德尔、美狄亚，以及所有在"厌女症"患者欧里庇得斯戏剧中的主人公。这个世界的悖论是，在现实生活中，一个备受尊敬的女性很难在街头独自露面，而在舞台上，女性与男性势均力敌，或者更胜一筹。这一点从来都没有得到让人满意的解释。在现代悲剧中，同样的情况再次上演。无论如何，只要粗略地翻一遍莎士比亚的作品（韦伯斯特的作品也一样，马洛和琼森则不同）就能够发现，从罗莎琳德到麦克白夫人，普遍体现的女性的主导地位和主动性。拉辛的作品也一样，他的戏剧里有六部与女主人公的名字同名。哪些男性角色能与赫敏、安德罗马克、贝雷尼斯、罗克珊、费德尔、阿塔莉相提并论？易卜生同样如此，哪些男性能跟索尔维格、娜拉、海达、希尔达·万格尔相配呢？——F.L.卢卡斯《论悲剧》，114-115页。——原注

实——马丁夫人，36岁，一身蓝色衣服，头戴黑色帽子，脚踩棕色鞋子。但也别忘了虚构的视角——她容纳着各种不断流动、闪烁的精神和力量。然而，当我们采用这一方法来了解伊丽莎白时代的女性，光线突暗。我们缺乏事实资料，对细节也一无所知。历史中鲜少提及她。我再次求助于特里威廉教授，浏览他的章节标题——

"庄园法庭①和敞田农业②的方法……西多会③和牧羊业……十字军东征……大学……下议院……百年战争……玫瑰战争……文艺复兴时期的学者……修道院式微……农业与宗教之争……英国海上霸权的缘起……无敌舰队……"等等。偶尔会提及一个女性，伊丽莎白，或者是玛丽，一般是女王或者某位贵妇。不论如何，绝不会有除了头脑和个性以外一无所有的中产阶级女性，参与任何一场历史学家眼中的伟大运动。我们也不会在任何趣闻轶事中寻到她的踪迹。奥布里④几乎不会提及她。她从未书写过自己的生活，也几乎没有写日记的习惯，只留下寥寥无几的几封信件。她没留下任何戏剧或者诗歌，以供后人评判。我们想要更多信息，她什么年纪结婚的？她通常会生几个孩子？她的房间是什么样？她有自己的房间吗？她需要烹饪吗？她可

---

① 庄园法庭（Manor Court），英格兰封建时期最低一级的法院，领主对其租户行使管辖权。
② 敞田农业（Open-field Agriculture），中世纪欧洲大部分地区普遍采用的农业系统。每个庄园都有两三块面积数百英亩的大田，被划分成狭长的土地，由佃户或农奴耕种。
③ 西多会（Cistercians），一个由僧侣和修女组成的天主教宗教团体。
④ 约翰·奥布里（John Aubrey，1626－1697），英国古董商、自然哲学家和作家，最著名的作品是传记短篇集《名人小传》（*Brief Lives*）。

能会有仆人吗？我在想，为什么纽汉姆或者格顿学院某个聪明的学生不提供这些信息呢？所有这些事实想必一定存放在哪里，教区的登记册或者账簿里。伊丽莎白时代普通女性的生活一定散落在某处，多希望有人能汇集成册。当我四处浏览，寻找那些并不存在的书时，我发现，尽管这些书都有点奇怪、不真实，而且一边倒，但要这些高等学府的学子们重写历史，这样野心勃勃的建议我也不敢提，可是他们为何不能对历史进行一些查缺补漏呢？当然，可以用一些不起眼的书名，这样女性的形象或许就不会显得不合时宜。毕竟人们经常在那些伟人的生活里瞥见她们，但她们很快就会消退在背景中，隐藏起一次眨眼、一个笑声，或者一滴眼泪。毕竟，我们已经读够了简·奥斯汀的生平故事，似乎也没什么必要再去考虑乔安娜·贝利①的悲剧对埃德加·爱伦·坡诗歌的影响；对我来说，至少我不会在乎玛丽·拉塞尔·米特福德的故居一百年来都不对外开放。不过，可悲的是，当我再次扫视书架，我发现我们对18世纪之前的女性一无所知。我的脑子里没有任何一个可以参照的坐标。我发出疑问，为什么伊丽莎白时代的女性不写诗？我不确定她们如何接受教育？她们是否曾被教育识字？她们有没有自己的起居室？有多少女性二十一岁之前就生了孩子？简而言之，她们从早上八点到晚上八点都在做些什么？她们显然没什么钱。根据特里威廉教授的说法，不论是否愿意，她们尚未成年，大概十五六岁，就得嫁人。总而言之，要是她们之中真有人能写出莎士比亚那样的戏剧，那才会让人大惊失色吧。我想到了一位已经

---

① 乔安娜·贝利（Joanna Baillie, 1762—1851），苏格兰诗人、剧作家，代表作有《激情戏剧》《逃亡诗篇》等。

离世的老绅士，他曾是一位主教。他曾宣称，不论过去、现在，还是未来，永远不可能出现一位女性，拥有跟莎士比亚匹敌的天赋。他为此写了一篇文章发表到报纸上。他还告诉向自己求助的女士，猫不可能上天堂，尽管，他补充说，它们拥有某种灵魂。这些老绅士们，为了救赎一个生命，他们花费了多少心思啊！他们每前进一步，无知的边界就会退缩一步！猫咪进不了天堂。女人写不了莎士比亚的戏剧。

就算是这样吧。可是，看着书架上莎士比亚的作品，我还是情不自禁地会想，至少在这一点上，主教说得没错，在莎士比亚的时代，任何女人都根本不可能写出莎士比亚的戏剧。既然搜寻不到史料，那就让我来想象一下，倘若莎士比亚有一个天赋异禀的妹妹，会发生什么事情。让我们假设，她的名字叫朱迪思。鉴于他母亲继承了一笔财产，莎士比亚本人很可能去上了文法学校，在那里，他会学习奥维德①、维吉尔②、贺拉斯③，还有基础文法和逻辑学。众所周知，他曾是个野孩子，偷猎过兔子，或许还射杀过一只鹿，尚未到年纪就早早

---

① 奥维德（Ovid，43BC—17AD），古罗马诗人，代表作有《变形记》《爱的艺术》，他的诗歌在古代晚期和中世纪被大量模仿，极大地影响了西方艺术和文学。
② 维吉尔（Virgil，70BC—19BC），古罗马诗人，代表作《牧歌》《埃涅阿斯纪》，被誉为荷马之后最伟大的史诗诗人。他开创了新型史诗，使它脱离了在宫廷或民间集会上说唱的口头文学传统和集体性，注入新的内容，赋予新的风格，产生了深远的影响。
③ 贺拉斯（Horace，65BC—8BC），古罗马文学家，代表作《诗艺》。他在欧洲古代文艺学中上承亚里士多德的《诗学》，下开文艺复兴时期文艺理论和古典主义文艺理论之先河，强调了文学的开化和教育作用，提倡内容和形式美的高度统一，对欧洲16世纪至18世纪的文学创作具有深远影响。

地娶了附近的一个女人,婚后又早于预期地生了一个孩子。[1]年少的风流荒唐之后,他背井离乡,去了伦敦谋求生路。他似乎偏爱剧院,最初在舞台的门口牵马。很快,他就在剧院找到了工作,成了一名成功的演员,生活在宇宙的中心,广泛交游,无人不识,在舞台上磨炼技艺,在街头积累才智,甚至得到了进宫面见女王的机会。与此同时,让我们设想,他那位天资聪颖的妹妹还待在家里。她一样地富有冒险精神,一样地喜欢天马行空,一样地渴望见识广阔天地,只是她没有被送去上学。她都没有机会去学习语法和逻辑学,更别提阅读贺拉斯和维吉尔的作品了。她会时不时地捡起一本哥哥的书,读上几页。不过,她的父母随时会过来打断她,要求她补一下袜子,照看一下炖菜,不要在书本和纸页上浪费心思。他们说话刻薄但亲切,因为他们都是实实在在的人,了解女人生存的环境和条件,也很爱自己的女儿——事实上,她可能是父亲的掌上明珠。或许她会躲在阁楼上写几页文字,但是要很小心地将它们藏起来,或者很快就付之一炬。不过,没多久,只有十几岁的时候,她就被许配给了附近一家羊毛商的儿子。她哭诉表示自己不喜欢这场婚姻,为此被她父亲揍了一顿。接下来,父亲不再责骂她,而是乞求她不要伤害他,不要在这件事上让他下不来台。他说,他会给她置办一串美丽的珠子或者一条好看的衬裙,说话的时候眼睛里还含着热泪。话都说到这儿了,她怎么能忤逆他呢?她怎么能伤他的心?她独特的天赋让她没有屈从。她整理了一个小包裹,在一个夏天的晚上顺着绳索下楼,然后逃往伦敦,此时,

---

[1] 莎士比亚十八岁时与二十六岁的哈维雅匆忙结婚,据推测哈维雅当时可能已经怀上了莎士比亚的孩子,婚后六个月,女儿苏珊娜·霍尔降生。

她还不到十七岁。树篱间鸟雀的歌声都不如她的动听。她才思敏捷，像她哥哥一样，在文字的韵律方面颇有天赋；也像她的哥哥一样，偏爱剧院。她站在舞台的门前，说，自己想要演戏。男人们当面嘲笑她。剧院经理，一个口无遮拦、身宽体胖的男人，更是一阵狂笑。他嚷嚷着什么贵宾犬跳舞和女人表演的事情——他说，没有女人可以成为演员。他还暗示——你一定能猜到是什么。她的技艺得不到任何训练。难道让她去小酒馆吃晚餐，半夜在街上闲荡吗？不过她在写小说上颇有天赋，渴望着从了解男人和女人的生活，研究他们的生活方式。最后——因为她很年轻，长得有点像莎士比亚，一样的灰色眼睛和圆弧形的眉毛——演员的经理人尼克·格林对她心生同情。后来，她怀上了这位绅士的孩子——一旦诗人之心禁锢并纠缠在女性的躯体中，谁又会去衡量它的炽热和暴烈？——在一个冬天的晚上，她自杀了，被埋葬在某个十字路口，如今大象和城堡①外面公交车停靠的地方。

　　我想，倘若在莎士比亚的时代，有一位女性拥有莎士比亚的才华，故事大概就是这么发展的。但是，就我个人而言，我同意已故主教的观点，在莎士比亚的时代，一位女性不太可能拥有莎士比亚的天赋。因为，像莎士比亚这样的天才，一定不会出生在从事劳动、未受教育、奴颜媚骨的人群中。他不会降生于盎格鲁人和不列颠人之间，也不会出生在工人阶级当中。既然如此，那么根据特里威廉教授的说法，在尚且年幼的时候就被父母逼着去干活，深受法律和习俗禁锢的

---

① 大象和城堡（Elephant and Castle），英国伦敦南部的一个地区，位于萨瑟克伦敦自治市镇，其名称来源于当地的一家客栈。

女性之中，又怎么会诞生一位像莎士比亚一样的女性？不过，在女性中间，就像在工人阶级中一样，一定存在着某种天才。时不时地，会有一位艾米莉·勃朗特或者一位罗伯特·彭斯①脱颖而出，以示证明。不过，这种人一定不会名留史册。可是，当我读到，一位女巫被溺毙，一个女士着了魔，一名聪明的女人兜售草药，甚至是一位了不起的男性的母亲，我就会想，我们正在追寻一个迷失的小说家，一位经受压抑的诗人，某位沉默寡言、黯然失色的简·奥斯汀，某位在荒原中愤愤不平，或者在公路上悲惨哀叹，因为自己的天赋的折磨而发疯的艾米莉·勃朗特。事实上，我大胆猜测，那个写了很多诗，但没有署名的"匿名者"，多半是个女人。我记得，爱德华·菲茨杰拉德②曾推测，是女性创造了歌谣和民歌，她们一边纺纱，一边给孩子低吟歌谣，以此度过漫漫冬夜。

  这故事是真是假，谁知道呢？在我看来，回顾自己杜撰的莎士比亚妹妹的故事，其中的真实之处在于，在16世纪，任何一个天赋异禀的女性一定会发疯，会开枪自杀，会在村外某间偏僻的茅舍避世而居，孤独终老，半是女巫，半是术士，让人畏惧，也受人嘲笑。因为我们不需要了解一点心理学知识就可以确定，当一个才情卓绝的女性将自己的天赋用于诗歌创作，她一定会被其他人横加阻挠，因此遭受

---

① 罗伯特·彭斯（Robert Burns，1759—1796），英国诗人，出生于苏格兰艾尔郡阿洛韦镇的一个佃农家庭，自幼家境贫寒，未受过正规教育，凭借自学获得了多方面的知识。他从地方生活和民间文学中汲取了很多养分，用苏格兰语创作出了许多优秀的抒情短诗。
② 爱德华·菲茨杰拉德（Edward Fitzgerald，1809—1883），英国诗人、作家，因翻译古代波斯诗人奥马尔·海亚姆《鲁拜集》的第一个英译本而闻名。

违背本能的折磨和撕裂,于是,她必定要损害健康,丧失理智。没有一个女性能够来到伦敦,站在舞台门口,走到演员经理人的面前,却安全无虞,免遭暴力和痛苦,这种煎熬或许毫无道理可言,因为贞洁可能只是某些社会阶层出于不可知的原因而臆造和神化的产物,但这一切都无可避免。贞洁曾经甚至直到现在都在女性的生活中具有一种宗教般的重要意义,它与女性的神经和本能纠结缠绕,以至于将它切割剪断,曝露在阳光中,需要最为难得的勇气。在16世纪的伦敦过上一种自由自在的生活,对于一位女性诗人和剧作家来说,意味着焦灼的压力和两难的境地,或许会要了她的命。倘若她能幸存下来,在紧张又病态的想象力中生出的作品,必然扭曲变形。毋庸置疑,看看书架,哪里有女性写的剧作,她的作品只能隐姓埋名,这是一种寻求庇护的方式。贞洁观念遗风犹存,纵然到了19世纪,女性也深受其害。柯勒·贝尔①、乔治·艾略特、乔治·桑②的作品证明,她们都是内心冲突的受害者,即使用男性的名字来自我掩饰,依然效果不佳。如此一来,她们便是在向"女性抛头露面是可憎的"传统低头致意,倘若这一传统不是男性灌输的思想,也是他们慷慨鼓励的结果(伯克利曾说,女性的荣耀在于不被品头论足,而他本人却是个话题人物)。隐姓埋名的想法刻在女性的骨血之中,她们总是想要潜形匿迹。纵然到了今天,她们甚至也不像男性一样,关心自己的声誉是否

---

① 柯勒·贝尔(Currer Bell,1816—1855),19世纪英国女作家夏洛蒂·勃朗特刚开始写作时用的笔名。1847年《简·爱》在伦敦以这个笔名出版。
② 乔治·桑(George Sand,1804—1876),原名奥萝尔·杜邦(Aurore Dupin),19世纪欧洲最受欢迎的法国小说家,代表作有《安蒂亚娜》《我的一生》等。

清白,一般而言,每当经过一个墓碑或路标,也不会无可抑制地想要刻上自己的名字,就像阿尔夫、伯特或者查斯一般,一定要遵从本能,看到漂亮的女性走过,就会窃窃私语,甚至是一条狗跑过来,他们也要说,这狗是我的。当然,或许不是狗,而是议会广场,胜利大道或者其他林荫道;或许是一片土地,一个黑色卷发的男士。女性的最大优点之一是,当她们偶遇一位漂亮的黑人女性,不会生出想要把她改造成英国女人的念头。

那么,在16世纪,一位拥有诗歌天赋的女性,注定是不快乐的女性、与自我交战的女性。她的生活环境、她的行为方式,都束缚了她的想法,限制了她的思考。但是,我想问,最利于创作的心态是什么样的?有人告诉我,让这奇怪的创作活动可能并且可行的状态究竟是什么样的吗?于是,我打开《莎士比亚悲剧集》。当莎士比亚写下《李尔王》《安东尼与克莉奥佩特拉》时,他的心态是怎样的?那无疑是有史以来最适合诗歌创作的状态。但是莎士比亚只字未提。我们只是很偶然地知道他"从未涂抹一笔"。直到18世纪,艺术家本人似乎从来不曾直言过自己的创作状态。卢梭或许起了个头。不管怎样,到了19世纪,自我意识的发展已经如此充分,文人墨客已经开始习以为常地在自白和自传中描述自己的所思所想。他们的生活被记录下来,他们的信件在去世后也被印刷出版。因此,我们虽然不知道,在写《李尔王》的时候,莎士比亚经历了什么,但我们知道在写《法国大革命》时卡莱尔①的状态;在写《包法利夫人》时福楼拜的想法;在写诗抵抗即将到来的死亡和世界的冷漠时济慈在想些什么。

从现代文学卷帙浩繁的自我忏悔和分析类作品中,我们就能知道,写出一部天才之作总是无比艰巨的。一切都在阻碍着作者倾囊倒箧地表达出酝酿的才思。一般来说,物质条件总是站在对立面。狗会吠叫,人来打扰,钱要赚到,身体会垮掉。除此之外,让所有这些困难加剧,并使其更难以忍受的,还有那众所周知的世人的冷漠。它不要求人们创作诗歌、小说,以及历史。它不需要这些。它也不会关心福楼拜是否琢磨出了最合适的词语,或者卡莱尔是否谨慎地证明了这个或那个事实。自然,它也不会为它不想要的东西买单。因此,济慈、福楼拜、卡莱尔等作家都曾饱尝这样的痛苦,各种干扰和沮丧之苦,尤其是在他们的青年创作时期。

那些分析和忏悔的书籍发出了诅咒、痛苦的叫喊:"伟大的诗人死于痛苦。"——这是他们诗歌的重担。倘若经历了这些,还能有作品产出,那一定是个奇迹,不过,或许没有一本书会如最初酝酿的那般完整无瑕。

但是,对于女性来说,看着空荡荡的书架,我在想,这些困难一定还要可怕得多。首先,即使到19世纪初,女性要想拥有一间自己的房间是不可能的,更别提安静或者隔音的房间,除非她的父母身家富有或者地位尊贵。既然她那仅够置办衣服的零花钱,都得仰赖父亲的大发慈悲,那要参加一些消遣活动可以说绝无可能。就连一些家境

---

① 托马斯·卡莱尔(Thomas Carlyle, 1795—1881),英国散文家、历史学家和哲学家,代表作为《法国大革命》,对19世纪的艺术、文学和哲学产生了深远影响。

贫寒的男性，比如济慈、丁尼生，或卡莱尔，也还能够去徒步旅行，到法国旅游。独自居住，就算再悲惨，也能躲开家人的专制和要求。物质上的困难是巨大的，但精神上的痛苦更胜一筹。济慈、福楼拜，以及其他男性天才认为如此难以忍受的世人的冷漠，在女性这里就绝非无视，而是敌意。世人不会像对他们一样，跟她说，如果你愿意的话，那就写吧，我无所谓。世人会冷嘲热讽：写作？你写的东西有什么好处呢？这个时候，纽汉姆和格顿学院的心理学家们可以给我们一点帮助，我再次看看空置的书架。因为，是时候衡量一下心理打击对艺术家的影响了，就像我曾看到过一家乳品公司测量普通牛奶和A级牛奶对老鼠身体的影响一样。他们把两只老鼠分别关在并排的笼子里，一只胆小怯懦、身体瘦小，另一只威风凛凛、体型庞大。那么现在，我要发问，我们用什么样的食物来滋养女性艺术家？我想起了那顿梅干奶油冻的晚餐。为了回答这个问题，我只需要打开晚报，阅读伯肯黑德勋爵的观点就可以了——但我真的不想再费力摘出伯肯黑德勋爵对女性写作的看法，也不愿重提英奇神父的说法。哈雷街的专家们尽可以大声宣扬，引发广泛的共鸣，但我丝毫不为所动。不过，我要引用奥斯卡·勃朗宁的话，因为奥斯卡·勃朗宁先生曾在剑桥名噪一时，他还给格顿和纽汉姆的学生们做过测验。他宣称："在检阅过任何一套试卷之后，不论给出的分数如何，我脑海里留下的印象是，最好的女性在智力方面都要低于最差的男性。"说完之后，勃朗宁先生回到自己的房间——正是后面这个故事，显出勃朗宁先生的人情味，让他成为威严可敬的大人物——在房间里，他发现沙发上躺着一个马童，"瘦骨嶙峋、面颊深陷、牙齿发黑、四肢瘫软无力……'这是阿瑟'（勃朗宁先生说）。'他是个好孩子，品性非常高尚。'"对我来说，这两幅画面是互相补足的。幸好，在这个传记文学盛行的时代，二者能彼此补充，如此一来，当我们理解一位伟人的观点，不只听到他们说了什么，还能看到他们做了什么。

不过，尽管如今的人可能会反驳这种论调，但在五十年前，出自大人物之口的论断必定相当难以抵抗。让我们假设一下，一位父亲出于最好的动机劝自己的女儿不要离开家去成为作家、画家或者学者，他会说："听听奥斯卡·勃朗宁先生是怎么说的。"不只是奥斯卡·勃朗宁，还有《星期六评论》，还有格雷格先生，"女性存在的本质"，他强调，"在于她们获得男性的支持，并且服侍男性。"有大量的男性观点都在表明：在智力方面，不要对女性有任何期待。即使她的父亲不会大声读出这些男性的看法，女孩子们自己也会读到的。这些内容，即使在19世纪，也一定会让她灰心丧气，对她的作品产生深刻的影响。总是有这样的断言——你不能做这个，禁止做那个——需要去抵抗，去克服。或许对于小说家来说，这种病毒的作用已经不那么大了，因为我们已经有非常杰出的女性小说家。但对画家来说，也许依然有些刺痛；对音乐家来说，病毒依然活跃，而且毒性极强。如今女性作曲家依然站在莎士比亚时代女演员所处的位置。想到莎士比亚妹妹的故事，我又想到尼克·格林曾说，女性的表演让他想到了小狗跳舞。200年后，约翰逊评论女性传教时，重复了这样的措辞。如今，到了1928年，打开一本关于音乐的书，我们还是会发现，针对试图创作音乐的女性，我们又使用了这样的表达："关于泰曼·泰耶弗雷①，人们只能重复约翰逊博士形容女性传教士的措辞，只是将它转化为音乐术语，'先生，女性作曲就像小狗用后腿走路。它做得不好，但是你会很惊讶地发现，它居然完成了。'"②历史如此精确地重演了。

因此，我合上奥斯卡·勃朗宁先生的传记，也推开其他人的故事，得出了一个结论：显而易见，即使到了19世纪，女性也不会被鼓励着去成为一个艺术家。相反，她会遭受冷落、掌掴、训斥和劝诫。因为要反对这个，抵制那个，女性一定精神紧绷，精疲力尽。到了这里，我们又回到了非常有趣，又语焉不详，却对女性运动产生极大影响的男性情结。那种根深蒂固的欲望——与其说她要略逊一等，不如说他想要高人一等——遍及他身处的所有领域，不仅横亘在艺术的前方，还堵截在政治的路上，即使风险对他来说微不足道，而祈求者又是如此卑微、忠诚。我记得，即使是贝斯伯勒伯爵夫人③，尽管她本人对政治充满热情，也要谦卑地写信给格兰维尔·莱维森-高尔④勋爵："……尽管我对政治兴趣浓烈，在这个话题上谈了很多，我还是非常同意你的观点：女性没必要涉猎政治或者任何严肃事务，最多发表一点看法（在被问及的时候）。"然后，她才毫无障碍地在那个重

---

① 泰曼·泰耶弗雷（Germaine Tailleferre，1892—1983），法国作曲家，一战后音乐团体巴黎六人组里唯一的女性作曲家。
② 塞西·格雷，《当代音乐概览》，246页。（原文注）
③ 贝斯伯勒伯爵夫人（Lady Bessborough，1761—1821），第三代贝斯伯勒伯爵弗雷德里克·庞森比的妻子。
④ 格兰维尔·莱维森-高尔（Granville Leveson-Gower，1773—1846），英国辉格党政治家和外交官。

要的议题上挥洒自己的热情,也就是高尔勋爵在众议院的首次演讲。我觉得,这个现象可真是奇怪。男性反对女性解放的历史一定要比女性自我解放的历史要更有趣。如果格顿或纽汉姆学院的年轻学生们,有人能收集一些案例,演绎一下理论,一定能写出一本有意思的书——只是她一定要戴上厚厚的手套,还需要纯金的围栏来护她周全。

撇开贝斯伯勒伯爵夫人的故事,我发现如今看来滑稽好笑的事,过去却被推崇备至。我向你保证,一些如今打上"儿童文学"标签,只在夏天的夜晚读给特定受众的故事,在过去却曾让人热泪盈眶。你的祖母、曾祖母们中,有许多人曾泪流满面。弗洛伦斯·南丁格尔①更是号啕痛哭。②不过,你们都上了大学,有自己的起居室——或者是卧室兼起居室——当然很容易就说,天才应该无视这样的观点,超然物外。不幸的是,不论是男性还是女性,天才最在乎别人的看法。想想济慈,想想他的墓志铭。想想丁尼生,想想——我似乎不必再举出更多实例来证实这个或许非常不幸但无可辩驳的事实:艺术家特别在意别人的看法。文学里到处都是一些将别人的看法奉为圭臬,以致自己精神崩溃的残骸。

我认为,这份敏感让他们的不幸雪上加霜,尤其当我们返回最初的问题,思考哪种心态最适合创作时。创作是个劳心费神的技术活,

---

① 弗洛伦斯·南丁格尔(Florence Nightingale, 1820—1910),英国社会改革家和统计学家,现代护理的创始人。22岁时曾写下短篇小说《卡桑德拉》,表达对英格兰上流社会女性压抑生活的抗议。
② 弗洛伦斯·南丁格尔创作的《卡桑德拉》最初被R.斯特拉奇刊登在女性权利和社会改革杂志《事业》上。(原文注)

为了将内心的作品毫无障碍、完整如初地呈现出来，艺术家的心思要炽热无比，就像莎士比亚一样。看着摊开的《安东尼与克莉奥佩特拉》，我推测，莎士比亚的心路必定畅通无阻，绝对没有外物的损耗。

尽管我们要说，我们对莎士比亚的创作心态一无所知，但是，就算说这句话的时候，我们还是在谈论莎士比亚的心态。相比于多恩、本·琼生或弥尔顿，我们对莎士比亚的创作心态知之甚少，或许是因为他的怨恨、矛盾和厌恶是隐藏起来的。我们不会在读到某个情节的时候，灵光一现地联想到作者本人。所有抗议、说教、宣称受伤、报仇雪恨或者让世人见证某种苦难和冤屈的欲望都在他的内心深处消耗殆尽，因此，他的诗歌自由而纯粹地从心底流出。如果说谁的作品得到了淋漓尽致的表达，那这人就是莎士比亚。如果说谁的心灵炽热自由、不受束缚，我转身回到书架，那这人一定是莎士比亚。

第四章

16世纪的女性，要想拥有这样的心态，实在是不太可能。我们只消想想，伊丽莎白时期的墓碑上所有那些双手合十跪地的孩子们，他们的早逝，他们黑暗狭小的房间，就可以意识到，当时的女性不可能写诗。你或许会觉得，到了更晚一点的时候，某些贵妇人，会借助她们相对自由和舒适的生活条件，冒着被视为怪物的风险，公开发表一些自己署名的作品。当然，男人不是势利小人，我要谨慎发言，小心避免像丽贝卡·韦斯特一样，成为"过于极端的女权主义者"，但他们多半抱着同情的态度来对待一位女伯爵写诗的努力。我们可以想象，相比当时没名气的奥斯汀小姐或者勃朗特小姐，有头衔的女士会获得更多鼓励。不过她的内心也会受到恐惧、仇恨等外在因素的困扰，而且这些干扰也会体现在她的诗歌创作中。例如，温奇尔西伯爵夫人[①]，我从书架上取下她的诗集。她生于1661年，出身于贵族家庭，又嫁入另一个贵族之家，没有孩子，是个诗人。在她的诗歌中，你会发现她对女性处境的愤慨不平：

我们何以堕落至此！沉沦在谬误的规则里，
教养使然，并非天生如此；
一切心智的进步被重重阻隔，
只能保持迟钝，这是众望所归、落入罗网；
如果有人想超然不群，
热情洋溢，壮志凌云，
一定会遭到所有强烈的反击，
出人头地的渴望，终究抵不过恐惧的声浪。

很明显，她并没有"消除一切障碍并变得炽烈热忱"。相反，她被仇恨和不满缠身。在她看来，人类分为两派，男人身处"对抗阵营"，被她憎恨且恐惧，因为他们有能力阻挠她想完成的事情——写作。

哀哉！握笔的女人，
居然被视为狂妄的存在，

[①] 温奇尔西伯爵夫人（Lady Winchilsea，1661—1720），原名安妮·芬奇（Annie Finch），英国诗人，诗歌中经常表达作为女性诗人希望获得尊重的愿望。

任何崇高的品德,都不能为此偿罪。
他们说我们违背本性,误入歧途;
得体、时尚、跳舞、打扮、娱乐,
这是我们理应追求的领域;
写作、阅读、思考,或者探索,
无不玷污美好,荒废华年,
阻断他们对女性青春的追慕,
而打点屋内琐事
却要用上女性最高的艺术和最大的价值。

事实上,她不得不通过假设写作的内容永远不会出版,来鼓励自己继续写下去,她悲伤地咏叹,聊以自慰:

对着寥寥亲朋和黯然心绪吟唱,
既然你不曾奢望攀折桂冠,
那就愿树影深浓,在那里你就能怡然自得。

不过,很显然,当她能摆脱仇恨和恐惧的思想,避免落入苦涩和愤怒之中,内心的火焰会无比炽热,偶尔会流露出纯粹的诗句:

褪色的丝线,
织不出独一无二的玫瑰。

——这几句诗曾获得过默里先生①和蒲柏先生的称许,当然这是理所应得,据说蒲柏先生还记住了她的其他诗句,化用在了自己的作品里:

现在水仙花的馨香袭击了脆弱的大脑,
我们在迷人的煎熬下头晕目眩。

一位这么会写的女性,天生善于观察自然,深度思考,却被逼陷入愤怒和恐惧之中,真是让人遗憾万千。但是她该怎么办呢?我思忖着,想象着人们的嘲弄和取笑、谄媚者的崇拜和职业诗人的怀疑。想必,她是把自己关在乡下的房间里去写作,也许会因为内心的痛苦和不安而苦苦挣扎,尽管她的丈夫非常体贴,婚姻生活十分美满。我说"想必",是因为当我们试图找出一点温奇尔西伯爵夫人的故事时,就会发现,一如既往地,我们对她一无所知。

她极度忧郁,这一点倒是可以得到某种程度的解释,因为她已经告诉我们,当她情绪低落时,会想到什么:

我的诗句饱受谴责,我的职业被视为
愚蠢的徒劳或者放肆的错误。

这里所谓遭受谴责的职业,就我们所知,是指在田野漫步或者发

---

① 约翰·米德尔顿·默里(John Middleton Murry, 1889—1957),英国作家,一生创作了60多部作品和几千篇关于文学、社会、政治、宗教的论文和评论。

发白日梦之类无伤大雅的活动。

> 我的手喜欢探索不同寻常的事物，
> 走出数见不鲜的路线，
> 褪色的丝线，
> 织不出独一无二的玫瑰。

自然，如果这是她的习惯或爱好，她就只能被人嘲笑。据说，蒲柏或盖伊①曾经讽刺她是个"喜欢信手涂鸦的女才子"。也有人认为这是因为她曾嘲笑盖伊，得罪了他。她说盖伊的《琐事》表明"他更适合抬轿子，而不是坐轿子"。不过，这都是些"无法取证的闲言碎语"，在默里先生看来，"没什么意思"。但我不同意他的看法，因为我本来就想听到更多诸如此类的无稽之谈，如此我才能了解或者构想出一位忧郁的女士，她喜欢漫步在田野上，思考一些奇奇怪怪的事情，还会犀利又轻率地鄙夷"处理家庭琐事的乏味生活"。不过正如默里先生所说，她的写作变得冗长、杂乱。她的天赋散落在杂草和荆棘之间，没有机会让真正的才华脱颖而出。于是，我将她的书放回书架，转向了另一位伟大的女士，兰姆所喜爱的公爵夫人，天马行空、

---

① 约翰·盖伊（John Gay，1685—1732），英国诗人，代表作有《乞丐歌剧》《乡村游戏》等。

耽于幻想的纽卡斯尔公爵夫人玛格丽特[①]，她比温奇尔西伯爵夫人年长，但也是同代人。她们两个非常不同，但不乏相似之处。两人都出身高贵，没有孩子，都嫁给了最好的丈夫。两个人都对诗歌充满热情，但又出于同样的原因，她们形容憔悴、身心俱疲。打开公爵夫人的内心，你会看到同样的愤怒："女人像蝙蝠或猫头鹰一样生活，像野兽一样劳作，像虫子一样死去……"玛格丽特本可以成为一个诗人，若是生在我们这个时代，她甚至可以推动某个领域的突破和进展。在她的时代，有什么方法能够管束、驯服、教育这种狂野、恣肆、未经雕琢的智慧，从而为人所用呢？她的思想倾泻而出，变成韵文、散文、诗歌、哲学，浓缩在四开本或对开本中，却没人阅读。她本该拿着显微镜研究，本该观察星星，从科学角度作出推理。她的智慧孤独又自由地兀自发展，没有人指正，没有人教导。教授们虚情假意地讨好她，宫廷里的人们肆无忌惮地嘲笑她。埃格顿·布里奇斯爵士[②]抱怨她的粗俗——"这竟是一个出入宫廷的高贵女子"。她只能自闭于韦尔贝克了。

　　玛格丽特·卡文迪许会让我们想到一种多么孤独而狂暴的景象！就像一株黄瓜蔓延在长满玫瑰和康乃馨的花园，断了后者的生路。这位写下"最有教养的女性是那些思想最文明的女性"的作家，却浪费

[①] 玛格丽特·卡文迪许（Margaret Cavendish, Duchess of Newcastle-upon-Tyne，1623—1673），英国哲学家、诗人、科学家、小说家等，在大多女性作家保持匿名的时代，她以自己的名字发表作品，代表作《炽热的世界》是最早的科幻小说之一。

[②] 埃格顿·布里奇斯爵士（Sir Egerton Brydges, 1762—1837），英国书目学家、系谱学家。

时间写些无稽之谈，简直辜负了自己的才华，最后只能深陷神秘、昏聩，以致一旦出门，众人就蜂拥而上，围在她的马车边渴望一睹芳容。显而易见，这位疯狂的公爵夫人成了人们口中吓唬聪明女孩的老妖怪。推开公爵夫人的作品，打开多萝西·奥斯本①的书信，我记得多萝西给坦普尔的信中谈到了公爵夫人的新作品："这位可怜的夫人有点精神失常了，要不然她就不会如此可笑，竟然冒险写书，而且还是诗歌，就算失眠两周，我也做不出这样的事。"

所以，既然理智又端庄的女性并不会写书，敏感又忧郁、性格上与公爵夫人完全相反的多萝西就什么都没写。信件不算。女性可以在父亲的病床旁写信，可以在火炉旁写信，男性在旁边聊天也没关系。奇怪的是，翻阅多萝西的信件时，我发现这位未经训练、形单影只的女孩竟然如此擅长遣词造句，描摹场景。听听她是怎么说的：

晚饭后，我们坐在一起聊天。后来谈到B先生的话题，我就走了。一天里天气最热的时候，我会阅读或者工作。大概六七点的时候，我就走出家门，到附近的公地，许多年轻的女孩在那里放牛、牧羊，在树荫下唱民谣。我去找她们，将她们的嗓音和美貌跟我在书上读到的古代的牧羊女进行比较，我发现她们非常不一样，但相信我，她们一样的天真无邪。我跟她们聊天，发现她们无须任何东西让她们成为世界上最幸福的人，因为她们已经是

---

① 多萝西·奥斯本（Dorothy Osborne，1627—1695），英国作家，第一代男爵威廉·坦普尔爵士的妻子，她写给丈夫坦普尔的书信诙谐、进步，具有社会启发性，因此知名。代表作为《书信集》。

了。我们谈话时,其中一位常常会四处张望,发现自家的奶牛进了庄稼地后,她们就四散跑开,仿佛脚底生了翅膀一般。我腿脚没那么轻便灵活,总是呆立原地,每当看到她们赶着牛羊回家,我就知道自己也该回去了。晚饭后,我会去花园里,坐在旁边的河边,想象你和我在一起……

你绝对可以肯定她具备一名作家的素质。但是"就算失眠两周,我也做不出这样的事",这说明大家对女性写作持有一种多么反对的态度,即使是一位极具写作天赋的女性都认为,写作是很荒唐的,甚至会让人显得精神失常。于是,我将多萝西·奥斯本的《书信集》放回书架。我们来谈谈贝恩夫人[①]的书。

谈到贝恩夫人的时候,我们进入了一个重要的转折点,离开了那些孤独的贵妇,将她们和她们的对开本留在花园里。她们写作只是为了自娱自乐,没有读者,也没有批评。现在我们走进了城市,在街上和普通人摩肩接踵。贝恩夫人是一个中产阶级女性,具备一切平头百姓的美德:幽默、有活力、勇敢。丈夫去世得早,自己又遭遇了一些不幸,所以她不得不靠自己的智慧过日子。她得跟男性一样工作,靠着辛勤的劳作,才能勉强维生。这件事的重要性超过了一切她真实写下的东西,甚至那些绝妙的作品,如《一千名殉道者》和《爱神端坐在梦幻的胜利中》,因为从这些作品开始,她的心灵开始解放,或者说,假以时日,她的思想将随心所欲,写出自己喜欢的东西。如今,

---

[①] 阿芙拉·贝恩(Aphra Behn,1640—1689),英国剧作家、诗人、散文作家、翻译家。英国最早以写作谋生的女性。

阿芙拉·贝恩已经做到了，女孩儿们可以走到她们的父母面前说，"你不用给我生活费了，我可以写字赚钱。"当然，答案一如既往，"没错，去过像阿芙拉那样的日子，那还不如死了算了！"又是甩门而去，而且比以往更快。那个深刻有趣的话题，即男性对女性贞洁的重视，以及这件事对女性教育的影响，似乎可以在此讨论。如果格顿或纽汉姆学院的学生对这个话题感兴趣，可以编写一本有趣的书。图书的卷首插图可以用这样一个画面：达德利夫人①珠光宝气地坐在蚊虫纷飞的苏格兰荒野中。达德利夫人去世那天，《泰晤士报》的报道写道：达德利伯爵"品味高雅、多才多艺、慷慨仁慈，但有时候也专横跋扈。他坚持说自己的妻子就算去苏格兰最偏远的打猎小屋，也要盛装出席、珠围翠绕"，总之，"他给了她一切，却无须她承担任何责任"。然后，达德利伯爵中风了，她开始照顾他的身体，并且自此之后，出色地管理着他的庄园。即使到了19世纪，这种肆意的专制主义遗风犹存。

但是话说回来，阿芙拉·贝恩证明了，写作的确可以赚钱，只是要牺牲一些惹人喜爱的品质。此后，女性写作渐渐不再被看作头脑愚钝或精神错乱的标志，而有了务实的重要意义。丈夫可能会死掉，家里可能遭遇不测之祸。18世纪，数以百计女性开始自谋生活，或者做一点翻译，写些蹩脚的小说来补贴家用。这些小说不再出现在教科

---

① 乔治娜·沃德（Georgina Elizabeth Ward, Countess of Dudley, 1846—1929），英国贵妇，18岁时嫁给48岁的第一代达德利伯爵威廉·沃德。婚后，达德利伯爵为妻子购置最好的衣服和珠宝，但不让她插手庄园的管理。1879年，伯爵中风，达德利夫人开始护理他的健康和庄园。

书中,但是在查理十字街四便士一本的旧书摊上,或许还能淘到几本。18世纪后期,女性自发组织的思想活动——谈话、集会、评论莎士比亚的文章、翻译经典——都建立在一个坚实的基础之上:女性可以通过写作赚钱。有人付钱,就自抬身价;无人付钱,则不足挂齿。或许还是有人会嘲笑,她们是"喜欢信手涂鸦的女才子",但不可否认的是,钱可以装进她们自己的兜里了。因此,18世纪末发生了一个转变,倘若我要来重写历史的话,这一段我一定会大书特书,赋予它超越十字军东征和玫瑰战争的重要性。中产阶级女性开始写作了。如果《傲慢与偏见》很重要,《米德尔马契》《维莱特》和《呼啸山庄》很要紧,那么女性写作的意义就变得非同小可,其意义远非我这一个小时可以证明,因为普通的女性,而非只有关在乡下庄园里的那些孤独的贵族,开始写作。如果没有这些先行者,简·奥斯汀、勃朗特姐妹、乔治·艾略特就不可能写出她们的作品,她们的影响正如马洛之于莎士比亚,乔叟之于马洛,以及那些驯化自然粗野的语言、身先士卒的无名诗人之于乔叟。因为杰作绝非势单力薄地横空出世,而是经年累月的共同智慧、前仆后继的珍贵结晶,以及大众经验的集中发声。简·奥斯汀应该在范妮·伯尼的坟前奉上花圈,乔治·艾略特应该向伊丽莎白·卡特①坚定英勇的身影致敬——这位强悍的老太

---

① 伊丽莎白·卡特(Elizabeth Carter, 1717—1806),英国诗人、作家、翻译家、语言学家等,因翻译希腊斯多葛学派哲学家爱比克泰德的第一个英译本全集而颇受尊重。

太在床前系了一个铃铛,以便早起学习希腊语。所有的女性都应该在阿芙拉·贝恩的墓前献上花束。她葬在威斯敏斯特教堂,这件事一度落人话柄,但她当之无愧,因为她为女性赢得了发表看法的权利。正是她,这位声名狼藉、风流不羁的女性,让我今晚的话显得没有那么想入非非:凭着你的聪明才智,每年去赚五百英镑。

如此,我们到了19世纪早期。在这里,我第一次发现,有几个架子都是女性的作品。但是,抬眼扫过这些书,我不禁要问,除了少数例外,为什么它们都是小说?文学创作最初的冲动是诗歌。"诗歌之尊"是女诗人。在法国和英国,女性诗人的地位都要高于女性小说家。此外,看着四个著名的名字,我在想,乔治·艾略特和艾米莉·勃朗特有何共同之处?夏洛蒂·勃朗特不是完全无法理解简·奥斯汀吗?她们之间可能只有一个相关之处,那就是,她们都没有孩子,这四个不相干的人根本不可能共处一室——也因为如此,为她们构想一次会面和交谈让人心驰神往。不过,不知是因为什么奇怪的力量,当她们想要提笔写作时,她们从写小说开始。我在想,这是否与她们出生于中产阶级家庭有关;而且艾米莉·戴维斯①小姐后来惊人地指出,19世纪早期的中产阶级家庭,竟然只有一间起居室?如果一个女性要写作,她不得不坐在公共的起居室里。而且,正如南丁格尔强烈抱怨的那样——"女性从来没法抽出一个半小时……可以称之为自己的时间"——她总是被打断。写散文和小说要比写诗歌或戏剧容易一点,因为前者不需要太多的专注力。简·奥斯汀像这样写了一辈

---

① 艾米莉·戴维斯(Emily Davies, 1830—1921),英国女权主义者、妇女参政论者,英国第一所女性大学剑桥格顿学院的联合创始人和早期老师。

子。"她是如何写出这些东西的,"她的侄子在回忆录里写道,"简直让人吃惊,因为她没有单独的书房,大部分作品一定是在公共的起居室里完成的,总会遇到各种打扰。她还要留神不能让仆人、客人或者家庭聚会上的任何人起了疑心。"① 简·奥斯汀将自己的手稿藏起来,或者用一张吸墨纸盖住。而且,19世纪早期,女性接受的所有训练都是对人的观察、对情绪的分析。几百年来,女性的感受力在公共起居室里获得熏陶。她觉察到了人们的感受,看见了大家的关系。因此,当中产阶级的女性提笔写作时,自然地就会写小说,尽管显而易见,四位著名的女作家里有两个并非天生的小说家。艾米莉·勃朗特应该去写诗剧,乔治·艾略特应该将自己开阔宏大的思想投入历史和传记的创作。然而,她们都写了小说,其中有一个人甚至走得更远,从书架上拿起《傲慢与偏见》,我想说,她们写的都是好小说。不用自吹自擂,也不为打击另一种性别,我们就可以说《傲慢与偏见》是一本好书。不管怎么样,倘若被发现在写《傲慢与偏见》,作者不应该以此为耻。可是,让简·奥斯汀开心的是,有人进来的时候,门的铰链会咯吱作响,这样她就能藏起手稿。对简·奥斯汀来说,写《傲慢与偏见》这件事,多少有点见不得人的地方。而且,我想知道,倘若访客到来的时候,简·奥斯汀不必藏起手稿,《傲慢与偏见》会不会成为一部更好的小说?我试着读了一两页,但是寻找不到任何痕迹来证明,她所身处的环境对她的作品造成了丝毫的损坏。或许,这就是一个重要的奇迹。这个19世纪的女性,在写作时,没有仇恨、没

---

① 詹姆斯·爱德华·奥斯汀-李(简·奥斯汀的侄子),《简·奥斯汀回忆录》。(原文注)

有痛苦、没有恐惧、不必反抗、不必说教。我觉得，莎士比亚就是这么写的，看看《安东尼与克莉奥佩特拉》。当人们将莎士比亚和简·奥斯汀相提并论时，他们或许会觉得二人同样的心无挂碍。正因为如此，我们不了解简·奥斯汀，也不理解莎士比亚；正因为如此，简·奥斯汀本人就体现在她的作品中，莎士比亚也是。如果说，简·奥斯汀曾受到生活环境的影响，那就是她受限于一种狭隘的生活。当时，女性不可能独自外出。她从来不曾旅行过，也不曾坐着巴士在伦敦游逛，或者独自在某个小店享用午餐。但这或许就是简·奥斯汀的本性，不追求她没有的东西。她的天赋和环境完美匹配。但我怀疑夏洛蒂·勃朗特是否也是如此，我打开《简·爱》，将它放在《傲慢与偏见》的旁边。

我翻到第十二章，看到这样的语句："招来任何人的责备"。我在想，夏洛蒂·勃朗特有什么可被责备的？我还读到了当费尔法克斯太太做果冻时，简·爱爬上屋顶，眺望远方的田野，然后她会渴望"自己的目力超越极限，抵达繁华的世界、城镇，去往那些只是听过但从未见过的生机勃勃的地方；渴望超越我实际拥有的经历，有更多的机会认识现在圈子之外，同类的或者不一样的人。我珍视费尔法克斯太太身上的美德、阿黛尔的优点，但是相信，一定还存在着其他人，存在着其他生动美好的善意，我希望能看到所有这些我相信的东西。

"谁会责备我？很多人，这一点毫无疑问，大家会说我贪心不足。我没有办法，不安现状是我的天性，它让我激动，又让我痛苦⋯⋯

"强调人应该安于现状是徒劳无益的：他们应该采取行动，没有机会也要创造机会。千百万人注定要忍受比我更沉寂的生活，也有千百万人默默反抗他们的命运。谁也不知道，在我们的生活里，有多少反叛正在酝酿。一般来说，大家认为女性应该安分守己，但是女性的感受跟男性一样，她们需要锻炼自己的能力，也希望能有用武之地，就像她们的男性同胞一样；她们遭受着严厉的束缚，绝对的停滞，正如男性一样。如果享有特权的男性同胞说，她们应该规规矩矩地补衣服、织袜子、弹钢琴、绣荷包，那就太狭隘了。如果她们超出约定俗成的女性规矩，去做更多的事情，学更多的东西，却遭受谴责和嘲笑，那就太无知了。

"我一个人待着的时候，时不时地会听到格雷斯·普尔的笑声……"

我觉得，这里的中断十分突兀。格雷斯·普尔突然出现让人不适。连贯性被打断了。我将书放回《傲慢与偏见》的旁边，继续想到，写下这些段落的这位女性拥有比简·奥斯汀更高的天赋。但是，如果有人读了这些书，看到了其中的痉挛、愤慨，你就会明白她的天分永远不可能被完好无损地表达出来。她的作品是畸形又扭曲的。本该平心静气时，她会愤愤不平；本该聪明处理时，她却犯了糊涂；本该描摹人物时，她却直抒胸臆。她在与自己的命运角斗，处处掣肘，时时受挫，除了早夭，她还有什么出路？

我们不禁要想一想，如果夏洛蒂·勃朗特一年有三百英镑——可是这个笨女人以一千五百英镑的价格一次性售出了自己的小说版权——如果她对这个繁华世界、城镇和生机勃勃的地方拥有更多了解，具备更实际的经验，结识更多同道中人或者形形色色的朋友，又会发生什么？在那些段落里，她不仅指出了自己作为小说家的缺陷，也指出了当时女性的欠缺之处。没有人比她更清楚地知道，倘若不是在独自遥望远方的田野，倘若拥有更多的经验、社交和旅行，她的天赋将会如何大放光彩。可是,没有假设,她不具备这些素质,我们必须接受这样一个事实,像《维莱特》《爱玛》《呼啸山庄》《米德尔马契》这样的好小说,都是由一些只有个人生活经验的女性写出来的,她们最多进出一下体面的神职人员的客厅。这些作品也是在一些体面家庭的公共起居室里写出来的,她们大多贫寒,甚至一次都买不起多少纸来写《呼啸山庄》或者《简·爱》。其中一个人,乔治·艾略特,经历了许多磨难后,从这种处境中逃离出来了,不过也只是隐居在圣·约翰伍德的一间别墅里。在那里,她在世人的非议中定居下来。"我希望大家明白",她写道,"如果任何人没有请求拜访的话,我也不会邀请他们前来做客",难道不是因为她在和一位已婚的男性同居吗?看望她难道不会损害史密斯夫人或者任何前来拜访之人的清白吗?①她只能遵从公序良俗,"与世隔绝"。与此同时,在欧洲的另一边,有一个年轻人自由自在,不是跟这位吉卜赛女士厮混,就是跟那个贵妇人玩乐;去上战场;毫无障碍又不受审查地体验着丰富多彩的人类生活。这些经验成了他后来写作中大放异彩的素材。如果托尔斯泰与一位已婚女士隐居在修道院里,"与世隔绝",无论那些道德教训多么发人深省,我想,他大概也写不出《战争与和平》。

但是我们或许可以更深入地探讨一下小说创作的问题,以及性别如何对小说家产生影响。如果你闭上眼睛,将小说作为一个整体来思

---

① 乔治·艾略特于1851年结识英国哲学家、评论家乔治·亨利·刘易斯(George Henry Lewes, 1817—1878),虽然刘易斯当时已婚,但从1854年开始,两人开始同居,直到刘易斯去世。这段关系有悖于当时的社会习俗,引起了相当大的反对声音。

考，它似乎就像镜子一样，在反映生活本身，当然会有不少简化和扭曲。不论如何，小说就仿佛一个在人们思想中塑形造图的结构体，有时是方形，有时是宝塔，有时伸出侧翼和拱廊，有时像君士坦丁堡的圣·索菲亚大教堂一样拥有坚实的墙体和穹顶。联想到一些著名的小说，我认为这种形状会在读者那里召唤起与之匹配的情感，因为"形状"的造就不是因为石块与石块的堆砌，而是由于人与人之间的联系。因此一部小说在我们身上唤起各种矛盾和对立的情感。生活与非生活的部分发生冲突。因此，我们很难就小说是什么达成一致的看法，个人的偏见左右着我们的观念。一方面，我们觉得你——英雄约翰——必须活下去，否则我将会陷入绝望的深渊。另一方面，我们觉得，哀哉，约翰，你必须死去，因为图书的结构注定了你的结局。生命与非生命的部分互相龃龉。那么，既然有一部分是生活，我们也就会像对待生活一样对待它，从某种程度上来说，詹姆斯是我最讨厌的那种男人。或者说，这就是信口胡诌。我自己从来不会产生这种感觉。想想任何一本小说名作，很显然，小说的整体结构是无限复杂的，因为它本身就由许多莫衷一是的判断和各种截然不同的情感构成。让人惊叹的是，这样一本书居然能浑然一体，畅销一两年，在英语读者那里收获的反馈或许跟俄罗斯或者中国读者也别无二致。不过，像这样的书也不常见。在这些硕果仅存的作品里（我想到了《战争与和平》），有一种东西将它们凝聚起来，我称之为真诚，尽管它与人们是否赖账或者紧急情况下是否表现得体毫无关系。就小说家而言，这里所谓的真诚，是指他让人觉得，这就是事实。没错，你会觉得，我从来没想过还能这样，我从来不曾知道人还能做出这种事。但是你让我相信了，事实就是这么发生了。在阅读的时候，你会将每个词汇、每个场景凑在灯下细细思索——因为，自然似乎很神奇地为我们提供了一种内在的光线，让我们借此判定小说家是否真诚。或许自然在极端疯狂的情绪中，用隐形墨水在思想的墙纸上写下预兆，然后伟大的艺术家们证实了，这张草图只有借助天才的火焰才能得以显现。当真迹显现，拨云见日，你就会欣喜狂呼：这是我早就感觉到、了解到，并且渴望得到的东西！你心潮澎湃，敬畏地合上书本，放回书架，仿佛它是一个可以终生受用的宝物。我将《战争与和平》放回原位。还有一种情况，你捡起一些蹩脚的句子检视，最初它们辞采华丽，气势逼人，让你心动神摇，但也仅此而已，似乎有什么东西阻碍了它们更进一步，或者它们只是模糊地描摹出一个角落抑或一个小点，整体的景观仍然不得而知，你就会怅然若失地一声叹息：又一部失败的作品。这部小说差点意思。

当然，大多时候，许多小说的确美中不足。在巨大的压力下，想象力不堪重负，摇摇欲坠，洞察力头晕眼花，真假莫辨。写小说每时每刻都需要花费巨大的心力来运筹帷幄，但此时心力已经疲于应付。但是，看着《简·爱》和其他作品，我想知道，小说家的性别是如何受到这些影响的？女性小说家的性别会影响到作品的真诚吗？这种我视之为作者脊柱的品质。在我引用的《简·爱》的段落里，很明显，愤怒的情绪破坏了夏洛蒂·勃朗特的真诚。她离开了自己的本该全心投入的故事，转而去发泄私人的不满。她想起了自己匮乏的经历——当她想要周游世界时，却被迫在教区牧师家补袜子。积怨油然而生，她的想象力偏离了正轨，我们能感觉到这种偏移。但是，除了愤怒，还有许多其他因素扰乱了她的想象力。比如说，无知。罗彻斯特先生的肖像仿佛是在黑暗中画出来的。我们能从中感觉到恐惧的存在，正如我们不断地感受到一种饱受压抑的酸楚，埋藏在汹涌激情之下的痛苦，这些作品光彩夺目，但是蕴含着痛楚的愠怒。

既然小说和现实生活存在着某种对应关系，在某种程度上，小说也体现了现实生活的价值。但是，大家有目共睹的是，女性的生活价值不同于男性，仿佛天然如此。而且男性的价值更胜一筹。简而言之，足球和运动是"重要的"，尊崇时尚和购置衣服是"琐碎的"。这样的价值观也不可避免地波及小说。评论家认为，这本书至关重要，因为它的主题是战争。这本书无足轻重，因为它讲述了客厅里女人的感受。战场上的枪林弹雨比商店里的讨价还价更重要——这样的价值差异无处不在，甚至细微到习焉不察。因此，19世纪早期的小说的结构，如果作者是女性的话，她就得调整形状，改变视角，以服从外部的权威。大家只需扫一眼那些早就被弃置一旁的旧小说，听听叙事的语调，就会知道，作者面临着批评的声音；她要么逞强，要么示弱，要么就索性承认自己"不过一介女流"，或者辩称自己"与男性不分伯仲"。她按照自己的性情来处理外界的批评，温顺而胆怯，或者，愤怒而强硬。什么样的姿态不重要，重要的是她在想别的事，而非作品本身。她们的作品就是我们的前车之鉴，作品的核心存在一处缺陷。我想到散落在各处的女性小说，它们仿佛带有斑点的苹果，被摆放在伦敦的二手书店。作品中心的缺陷腐蚀了它们。她们改变了自己的价值观来迎合他人。

可是，对她们来说，保持正轨，不左右摇摆是多么不可能的事。在一个绝对的父权制社会中，什么样的天才，什么样的真诚，才能坚定不移、毫不退缩地抵御来自四面八方的批评。只有简·奥斯汀和艾米莉·勃朗特做到了。在她们的冠冕上，我们还要加一根羽翎，或许是最好的一根。她们像女性一样写作，而非男性。在那个时候写小说的数千名女性中，只有她们无视自古以来老调重弹的规训和告诫——要这么写，要那样想。那些声音时而埋怨，时而袒护，时而跋扈，时而悲痛，时而震惊，时而愤怒，时而热情，不让女性独处一室，时刻耳提面命，就像一个责任心过重的家庭教师，譬如说，像埃格顿·布里奇斯爵士一样，教导她们要优雅端庄，甚至将性别纳入诗歌批评①；我猜，他会告诫她们，要想获得某些有分量的奖项，就要在绅士们认为合适的范围内创作，如此才能成就佳作，获得成功："……女性小说家只有勇敢地承认她们性别的局限性②，才能在写作领域出类拔萃。"这就将所有的问题一言蔽之，而当我告诉你，这句话不是写于1828年8月，而是1928年8月，你或许会大吃一惊。我认为，你会同意，不论这种观点如今对我们来说多么好笑，在当时它代表了一种主流的观点，在100年前广为流传、声势浩大——我不想去搅动陈旧的浑水，只想就近而论。1828年，无视诸如此类的冷嘲热讽、谆谆教诲和对奖项的许诺，一位年轻女性要有非常强大的意志。她必须如叛变者一般激进，才能自我洗脑，噢，他们又不能连文学都收买了。文学是开放给所有人的园地。就算你是学监，也休想让我离开

---

① "（她）抱有一个形而上的目的，这是一种危险的痴迷，特别是对于女性来说，因为女性不像男人一样，对修辞术怀抱一种健康的爱好。这是一种性别的欠缺，毕竟在其他方面，她们本就更加原始和物质。"——《新标准》，1928年6月（原书注）

② "如果，你像记者一样，认为女性小说家只有勇敢地承认她们性别的局限性，才能在写作领域出类拔萃，简·奥斯汀（已然）证明，她是如何姿态优雅地做到了这一点。"——《生活与书信》，1928年8月（原书注）

草地。

如果你想的话，自可以将图书馆一锁了之。但我的思想是一片自由的天地，无门，无锁，也没有门闩。

但是，无论挫折和批评对她们的写作带来了什么样的影响——我相信一定影响巨大——相比她们写作时遇到的其他困难，这些东西也就没那么重要了（我想到的仍然是19世纪早期的小说家）。那就是，她们的身后没有传统可以继承，后者说传统如此短促和浅薄，以致作用有限。如果我们是女性，我们首先回身求助的就是我们的母亲。向那些伟大的男性作家求助是没用的，或许只能获得一点乐趣。兰姆、勃朗宁、萨克雷、纽汉姆、斯特恩、狄更斯、德·昆西——不论是谁——从来不曾帮助过一位女性，尽管她或许从他们那里学到了一点技巧，化为己用。男性思想的重量、节奏、步伐，跟女性截然不同，他运用自如的东西，对她来说未必得心应手。

既然投师无门，她会发现，当她提笔时，面临的第一个问题是，没有现成可用的句子。所有伟大的作家，比如萨克雷、狄更斯、巴尔扎克自然而然地落笔成文，一挥而就却不仓促潦草，妙笔生花但不言之无物，雅俗共赏但自成一格。他们的作品使用的就是当时流行的句子。19世纪早期时兴这样的句子："他们的宏伟巨作就是一场自我辩论，不会浅尝辄止，而要高谈阔论。不断地实践艺术，追求真理和美好，没有什么比这更让他们激动和满足。成功促人努力，而习惯助力成功。"这就是男性的句子，在这样的句子中，我们可以看到约翰逊、吉本，还有其他人。这样的句子不适合女性使用。夏洛蒂·勃朗特，虽然拥有卓越的散文天赋，但拿着这样笨拙的武器，只能跌跌撞撞；乔治·艾略特，用它犯下的谬误，简直难以形容。简·奥斯汀望着它冷笑一声，然后将它改成趁手的句子，自然流畅，从此沿用。所以说，虽然在写作的天赋方面，简·奥斯汀比不上夏洛蒂·勃朗特，但她写出了更多的东西。确实，自由而充分的表达是艺术的本质，因为写作传统的匮乏、工具的欠缺和不足，必定对女性的写作带来巨大的影响。而且，一本书并不是句子连缀着句子，直到结尾，说得更形象一点，应该是句子搭建成拱廊或穹顶。这种形式也是人们根据自己的需要和目的而创造的。我们不必以为史诗或诗剧的形式要比其他的句式更适合女性。不过，在她成为一名作家之前，既有的文学形式已然固化、成形。只有小说依然年轻、柔软——或许，这就是她选择写小说的另一个理由。然而，即使是"小说"（我给这个词加上引号，以表明这一名称并不恰切）这种最柔软的形式，是否正合她用，谁知道呢？毋庸置疑，倘若她能随心所欲地大展拳脚，她一定会别开生面地创造出自己的形式，为体内的诗意提供一种新的载体，不一定是诗体。我继续思考，如果当今的女性要写一部五幕戏剧。难道会用诗体，而非散文吗？

但这些难题就留给渺远的未来吧。我必须将它们搁置一旁，虽然它们总是跃跃欲试地诱惑我偏离主道，进入无人踏足的小路，让我迷失在森林中，甚至可能成为野兽的腹中之物。我不想讨论小说的未来这个让人沮丧的主题，我猜你们也不愿意。所以，我只在这里做小小的停顿，提醒大家，物质条件将对女性写作的未来具有非常重要的影响。书籍必须适应于身体，冒昧地说，与男性相比，女性的书应该更加简短、紧凑、结构清晰，这样她们才不用长时间稳定且不被打断地工作。毕竟，写作时被打扰在所难免。还有，男性和女性的大脑神经不同，你要让它们高效地工作，就要找到最适合它们的工作方式——

比如说，这种几百年前，据说由僧侣设计的讲座时间，是否适合她们——工作和休息的时间应该如何调整，休息时间并非什么都不做，而是做一些不同的事情；这种不同又应该怎么区分？所有这些问题都应该得到讨论和研究，所有这些问题都关乎女性与小说。于是，我再次走向书架，我要到哪里才能找到由女性撰写的关于女性心理学的深入研究？如果因为女性不善于踢足球，就不允许她们去行医——

好了，令人开心的是，我的思绪又飘去了别的地方。

第五章

在图书馆一路漫游,最后,我终于来到了当代作家的书架前,既有女作家,也有男作家,而且女性作家的作品数量几乎跟男性相当了。即使这一点并不完全属实,男性的作品依然更多一点,至少女性的创作体裁不限于小说了。有简·哈里森关于希腊考古的书,弗农·李①的美学书,格特鲁德·贝尔②有关波斯的作品。作品主题广泛,体裁多样,都是一代人之前没有女性可以涉猎的范畴。有诗歌、

---

① 弗农·李(Vernon Lee,1856—1935),英国作家,因在超自然小说和美学方面的作品而闻名。
② 格特鲁德·贝尔(Gertrude Bell,1868—1926),英国作家、旅行家、政治官员、考古学家等,一生中大部分时间都在探索和绘制中东地图,曾出版过多本描述自己旅行、冒险和发掘的作品。

戏剧、批评；有历史、传记、游记；还有学术专著和研究；甚至还有一些哲学书，以及科学和经济学方面的著作。虽然小说依然是主流，但小说本身因为受到其他作品的影响，已然不同往日。早先女性写作的年代里，那种淳朴自然、简洁明快的风格已经一去不复返。阅读和批评让她的眼界更加开阔，感觉愈加敏锐。写作的自然冲动已然耗尽，她或许开始将写作当成一门艺术，而不是一种表达自我的手段。在这些新的小说中，大家或许会发现这些问题的答案。

我随意取下一本书。它原本放在书架的尾端，书名是《人生的冒险》之类的，作者是玛丽·卡迈克尔，今年（1928年）10月刚刚出版。这似乎是她的第一本书，但我告诉自己，要像阅读一个系列的图书中的最后一卷一样去阅读它，同系列的作品我还看过——温奇尔西伯爵夫人的诗歌、阿芙拉·贝恩的戏剧和四位伟大女作家的作品。因为作品是前后相继的，虽然我们总是习惯单独评判它们。我必须将她——这位无名的女性——视为那些前辈的继承者，看看她继承了哪些特点，又沿袭了什么局限。于是，我叹了口气，因为小说常常只是止痛药，而非解毒剂，总是让我们陷入昏昏欲睡的昏昧，而非用熊熊烈火点燃我们的激情。我拿起笔记本和铅笔，开始阅读玛丽·卡迈克尔的第一本小说《人生的冒险》，看看能获得一些什么信息。

首先，我上下扫视书页，在记住谁的眼睛是蓝色，谁的又是棕色，知道克洛伊和罗杰之间的关系之前，我要先熟悉她的句子。等我搞清楚她手里究竟握着笔还是锄头之后，自然有足够的时间去了解那些细节。我试着咀嚼了一下两个句子的口感。显而易见，有些地方不太对劲。句子之间顺滑的衔接被打断了。有些地方被撕裂了，有些地方被划伤了，时不时地会出现一个亮眼的词汇。就像以前的戏剧里常说的,她正在"大展拳脚"。她仿佛在试图点燃一根火柴,但是没点着。为什么不用简·奥斯汀的句子?我问道,仿佛她就在我眼前。难道说就因为爱玛和伍德豪斯①去世了,这些句式就得舍弃吗?唉,如果是这样的话,我不免要叹口气。阅读简·奥斯汀的作品,就像倾听莫扎特演奏,一曲接着一曲,婉转悠扬;而这本书给人的感觉,就仿佛坐着敞篷船,在海上颠簸起伏,一会儿冲上浪峰,一会儿沉入波底。这种生硬冷漠、局促气短的句式,或许意味着她在害怕什么,也许是害怕别人给出"多愁善感"的评价。或许她知道,女性的作品常常被认为花里胡哨,所以她刻意添加了一些荆棘。但是,如果没有仔细阅读,我就无法辨认她是别具一格,还是模仿别人。无论如何,在更进一步的阅读之后,她并没有降低我的阅读兴致。不过,她堆砌了太多的事实,就这本书的体量来说,就连一半的素材都消化不了(这本书的篇幅只有《简·爱》的一半)。但是,她还是费了一点心思,将所有人——罗杰、克洛伊、奥利薇亚、托尼、比格姆先生——都塞到了这条独木舟上。稍等,我靠到椅背上,在进一步展开之前,我必须要整体考虑一下。

我几乎可以确定,我自言自语道,玛丽·卡迈克尔在"玩"我们。因为我觉得自己仿佛在坐云霄飞车,当你以为它要俯冲而下时,它却陡然上升。玛丽正在打破接下来的所有期待。首先,她打破了句式,接着她弄乱了顺序。很好,倘若她不是为了打破而打破,而是为了创新而打破,完全没有问题。她的意图究竟是什么?在面临具体的情况之前,我还无法确定。我会让她自由发挥,独立选择究竟是哪一

---

① 爱玛和伍德豪斯先生,是简·奥斯汀小说《爱玛》中的女主人公和她的父亲。

种情况。如果她愿意的话，造出一点破铜烂铁都可以，不过她必须说服我，让我明白她认为这就是一种情况。然后，既然她已经创造出了这种情况，她就必须面对它。她必须全情投入。只要她履行作为作者的职责，我自会履行作为读者的责任，继续翻页阅读……我很抱歉要在这里仓促地打断一下。到目前为止，还没有男性？你可以保证在那块红色帘子后面我不会看到查尔斯·拜伦爵士的身影？你确保全都是女性？那么我要告诉你，接下来我就读到了这样的句子——"克洛伊喜欢奥利薇亚……"不要惊讶，不要脸红。让我们悄悄承认，在我们这个社会，这样的事情也会发生。有时候，女人会爱上女人。

"克洛伊喜欢奥利薇亚……"读到这里，我意识到，这是一个巨大的转变。克洛伊喜欢奥利薇亚，在文学史上，这是第一次。克莉奥佩特拉不喜欢奥克塔维娅。要是喜欢的话，《安东尼与克莉奥佩特拉》的故事将彻底改变！让我从《人生的冒险》跑一下题，按照《安东尼与克莉奥佩特拉》的原文，这整个故事太简单了，或者直言不讳地说，俗套得可笑。克莉奥佩特拉对奥克塔维娅唯一的感觉是嫉妒。她比我高吗？她的发型是怎么做的？除此之外，没有其他的了。但是，如果两个女人之间的关系不只是如此，那该多么有趣。快速地回忆了一遍虚构故事中的女性画廊，我在想，所有的女性关系都太简单了。有太多的东西被遗漏，未经尝试。我努力回想我读过的故事中，如何描绘女性的友谊关系。《十字路口的戴安娜》[①]中做了一点尝试。当

[①] 《十字路口的戴安娜》(*Diana of the Crossways*)，英国作家乔治·梅瑞狄斯（George Meredith，1828—1909）1885年发表的小说，被认为是一本女权主义小说。

然，在拉辛和古希腊的戏剧中，她们是闺中密友，或者母女关系。但是，几乎无一例外的，她们的形象通常是在与男人的关系中得以展现。很奇怪，在简·奥斯汀之前，小说中伟大的女性形象只能来自男性视角，而且只在两性关系中呈现。在女性的生活中，那是多么渺小的一部分；而且，当男性戴着有色眼镜观察女性时，他们的观察是多么的局限和狭隘。因此，虚构小说中的女性就被塑造出了一些奇怪的特点：美貌无双或者丑得离谱；天使般善良，或者魔鬼般邪恶；要么志得意满，要么悲惨不幸——随着感情的升温或减退，爱人的形象也随之改变。当然，在19世纪的小说家那里，情况不复如此。女性的形象开始变得多元而复杂。事实上，或许正是为了更好地刻画女性的形象，男性被迫逐渐放弃粗暴的诗剧，转而使用更趁手的小说。即便如此，历史的糟粕依然显而易见，甚至在普鲁斯特的作品中，男性对女性的了解依然局限而片面，女性对男性的认识同样如此。

继续阅读下去，我发现，很显然，女性就跟男性一样，除了日复一日的家庭生活，还有其他的兴趣和爱好。"克洛伊喜欢奥利薇亚。她们在同一间实验室工作……"我继续读下去，发现这两位年轻女性正在切割肝脏，这是一种治疗恶性贫血的药方。尽管其中一人已经结婚，并且生了——我说得没错——两个小孩。既然，所有这些内容都要剔除出去，那么本该精彩纷呈的虚构女性形象才会如此贫瘠和单调。假如说，文学中，男性只是被塑造成女性的情人，从来不曾成为朋友、士兵、思想家、梦想家，那么莎士比亚的戏剧中，他们恐怕就没多少立足之地了，文学将会变得多么惨淡啊！奥赛罗和安东尼的形象尚且成立，但是恺撒大帝、布鲁图斯①、哈姆雷特、李尔王、杰奎斯②恐怕荡然无存——文学将变得难以言喻的萎靡。当然，将女性逐出门外的文学也同样寡淡无味。非自愿地结婚，困守在一个房间，被迫从事一种职业，戏剧家该如何赋予她们一种完整、有趣又真实的生活？爱情是唯一可能的诠释者。无奈之下，诗人要么让她们激情洋溢，要么楚楚可怜，除非他选择"憎恨女性"，而这也意味着他对女性来说毫无魅力。

那么，如果说克洛伊喜欢奥利薇亚，她们在同一间实验室工作，这将会让她们的友谊更加丰富和持久，因为故事将会不只局限于私事。如果玛丽·卡迈克尔懂得如何写作，而我开始欣赏她的风格；如果她有一间自己的房间，关于这一点我并不确定；如果她每年有五百英镑——但这一点还有待查证——那么，我认为，此处非常重要的事情已经发生。

因为如果克洛伊喜欢奥利薇亚，而玛丽·卡迈克尔知道如何表达这种感觉，那么，她将在广阔的旷野点起一支火炬，无人曾踏足此处。这里光线黯淡，阴影重重，仿佛迂回曲折的洞穴，人们手持蜡烛自上往下探看，不知道自己踩在何处。我开始重读这本书，克洛伊看到奥利薇亚将一个罐子放到架子上，说她要回家看孩子了。我惊呼道，这是开天辟地以来前所未有的景象，于是非常仔细地注视着这一切。我想看看玛丽·卡迈克尔是如何捕捉那些从未被记录过的手势、从未宣之于口或者吞吞吐吐的话语——当女性独自一人，不再经受男

---

① 布鲁图斯（Brutus），莎士比亚戏剧《恺撒大帝》中的悲剧英雄。
② 杰奎斯（Jaques），莎士比亚戏剧《皆大欢喜》中的主要人物。

性反复无常、带有滤镜的注视——正是这些宛如天花板上的蛾子般模糊不清的阴影构成了她们。我继续阅读，倘若她要做这件事，一定需要屏住呼吸，因为女性对任何动机未明的兴趣都充满怀疑，她们太过习惯隐藏和压抑，只要发现别人的目光转向她们，就立马逃之夭夭。唯一的方法就是，假装在跟她讨论其他事情。我对玛丽·卡迈克尔说，凝视窗外，不要拿出铅笔做笔记，以最快的方式速记，不用写全每个单词，记录下当奥利薇亚——这个百万年来躲在岩石阴影中的生物——感受到光线落在身上，看到奇怪的食粮——知识、冒险、艺术——出现在眼前时，会发生什么？她会伸手触碰，我从书页上抬起眼睛，她必须设计一种新的方式来统筹自己高度发达、本来用作他用的才能，以此吐故纳新，而且要小心翼翼，以免让非常复杂又无比精细的整体分化瓦解。

哎呀，我做了我本不打算做的事情，不假思索地称许自己的性别。"高度发达"——"无比精细"——这无疑是夸赞的词汇，称赞自己的性别总是让人起疑，而且常常显得有点犯傻；而且，在这种情形之下，要如何自证呢？我们又不能走到地图旁边，然后说哥伦比亚发现了美洲，他是一名女性；或者拿起一个苹果，说牛顿发现了万有引力，他是一名女性；或者望着天空，看着飞过头顶的飞机说，这是女性的发明。墙壁上没有标记来测量女性的实际身高。没有毫厘分明的量尺来度量一位好母亲的品质、女儿的贡献，或者姐妹的忠诚、女仆的能力。甚至直到今天，也没有多少女性能进入大学、取得成绩，进行军队、贸易、政治或者外交之类的职业测试。时至今日，女性仍然未被记录在册。但是，倘若我想知道有关霍利·巴茨的所有信息，只要打开《伯克名录》或者《德布雷特名录》，就能知道他获得了什么学位，有一处宅邸，一个继承人，曾担任某个委员会的秘书，是英国驻加拿大的大使，还获得过其他的一些学位、职务、奖章和荣誉，无可置疑地表明他拥有什么样的品质和美德。除了上帝，没人能知道得更加周详了。

因此，当我说用"高度发达""无比精细"来形容女性时，我无法在《惠塔克名录》《德布雷特名录》或者大学年鉴中获得证实。身处困境之中，我该怎么办？我再次浏览书架。这里有很多传记：约翰逊、歌德、卡莱尔、斯特恩、考珀[①]、雪莱、伏尔泰、勃朗宁等。我想到，这些男性出于某种原因曾欣赏女性、追求女性、与她们生活、向她们倾诉、表达爱慕、书写感情、表示信任，并且对某些特定的异性展露出一定的需要和依赖。我无法确认所有这些都是柏拉图式的关系，威廉·乔因森-希克斯[②]爵士也许会否认吧。但是，如果我们坚持这些卓越的人物从这种同盟关系中获得的，除了安慰、奉承和肉体的欢愉之外，别无他物，那也就极大地冤枉了他们。他们从这些关系中获得的，很显然，是他们自己的性别所无法提供的。或许，如果不引用诗人言之凿凿、热情洋溢的诗句，将其定义为某种只有异性的天赋才能激发的刺激、创造力的更新，这样的结论应该算不上武断。我猜，他会打开起居室或儿童房的门，发现她正被孩子围住，或者膝头放着一片绣品——总之，她的生活另有一套秩序和系统，与他所在的

---

① 威廉·考珀（William Cowper, 1731—1800），英国诗人，浪漫主义诗歌的先驱之一，善于描写英国乡村生活的景色，改变了18世纪自然诗歌的方向。
② 威廉·乔因森-希克斯（William Joynson-Hicks, 1865—1932），英国律师和保守党政治家，在将女性投票年龄从30岁降至21岁的斗争中发挥了重要作用。

法院或众议院，是两个截然不同的世界，鲜明的对照会让他精神焕发。即使在最简单的对话中，这种差异也会刺激他早已枯竭的思维，唤起他已然贫乏的灵感。看到她以一种有别于他的媒介进行创造，会搅动他的创造力重新活跃和构思。戴上帽子去拜访她的时候，某个百思不得的词语或者场景会自然浮现在他的脑海。每个约翰逊都有自己的瑟雷尔夫人①，正因如此才对她不离不弃。当瑟雷尔夫人嫁给了意大利的音乐大师，约翰逊则满心愤怒和厌恶，陷入疯狂，不仅是因为他会想念曾在斯特雷塞姆度过的愉快夜晚，而且因为他的生命之火"似乎要熄灭了"。

即使不是约翰逊博士、歌德、卡莱尔或伏尔泰这样的大人物，我们也应该能感觉到女性高度发达的创造力和无比复杂的天性。走进房间——当女性走进房间，必然要穷尽英语表达的可能性，甚至让不合常规的新词汇迅速地创造和融入语言，才能开始描述她所经历的故事。这些房间的差异如此之大，有的安静，有的喧嚣；有的面朝大海，有的对着监狱内庭；有的挂满晾衣架，有的珠光宝气、锦绣横陈；有的坚硬如马鬃，有的柔软如羽毛——只需走进任何一条街道的任意一个女性房间，复杂的女性力量就会扑面而来。难道还有其他可能？女性深居简出已有千百年，以致如今房间的每面墙上都充斥着女性的创造力。事实上，砖石、水泥已然不堪重负，亟须笔、刷子、商

---

① 海斯特·瑟雷尔（Hester Thrale，1741—1821），英国作家、艺术赞助人，第一代基思子爵乔治·埃尔芬斯通的妻子，婚后结识了塞缪尔·约翰逊，发展出亲密的友谊。后来瑟雷尔夫人爱上了意大利音乐教师加布里埃尔·马里奥·皮奥奇，并于1784年7月与他结婚，约翰逊为此遭受了极大的情感创伤。

业和政治来分散、疏解它们的压力。但是女性的创作力与男性的完全不同，我们必须承认，倘若遭受阻滞和浪费，那就太可惜了，因为这种创造力在经受了千百年的严苛束缚之后才脱颖而出，所以无可取代。如果女性像男性一样写作，像男性一样生活，像男性一样打扮，那才让人万分痛惜和遗憾。既然男性和女性各有不足，而世界无比广阔和多元，两种性别都太局限了，一种性别又如何足够呢？教育难道不应该强调差异而非追求相似？毕竟我们已经有太多的相似之处了，倘若有探险家回来告诉我们，另有一种性别，通过其他的树枝，仰望别样的天空，对人类来说，那该是如何令人愉悦的福音；看到某位教授拿着测量仪器，证明自己的"优越性"，我们又如何不哄然大笑？

目光盘桓在书页上方，我想，玛丽·卡迈克尔的身份不仅仅是作为观察者这么简单。我很担心她禁不住诱惑，进入一个不太有趣的分支——自然主义小说家，而非沉思者。实在有太多崭新的事实供她观察了。她不必束缚自己只去留意中上层阶级富丽堂皇的豪宅。她将抛开居高临下的怜悯和同情，带着一种同伴的情谊，走进那些带有味道的狭小陋居，拜访交际花、妓女、养着小狗的女士。她们的肩上披着男性作家强行给她们套上的粗陋成衣，但是玛丽·卡迈克尔一定会量体裁衣，整饬出合身的衣服。当有一天，我们能如其所是地看待这些女性的时候，这一定会是个奇观，但是我们必须得再等一等，因为玛丽·卡迈克尔仍然深受性别的野蛮遗产所累，自觉"罪恶"重重，她的脚上已然戴着粗劣而原始的阶级桎梏。

然而，大多数女性，既不是交际花，也不是妓女，她们在整个夏日的午后，枯坐在灰尘飞扬的天鹅绒椅子上，紧紧抱着哈巴狗。那么，她们会做些什么呢？我脑海里浮现出河流南部的某条街道，那里行人熙熙攘攘。在我的想象中，一位老妇人挽着一位中年女性穿过街道，或许是母女，两人穿着体面的靴子和皮衣，下午盛装打扮一定是她们的一种仪式，到了夏天，这些衣服一定储存在放有樟脑丸的壁橱里，年复一年。当灯光亮起（因为暮色昏昏的傍晚是她们最爱的时段），她们会走过街巷，这个习惯也已经保留多年。老妇人接近八十岁了，但如果有人问她，这一生有何意义，她就会说，她想起了巴拉克拉战役期间，街道上亮起的灯火，或者爱德华七世的生辰，海德公园鸣枪庆祝。要是有人想具体到某个具体的季节和日期，问道，在1868年的4月5日，1875年的11月2日，你在做什么？她会一脸恍惚，说她想不起来了。因为所有的晚餐已经备好，餐盘和杯子已经洗过，孩子们被送去了学校或者进入了社会。没有什么留下一点痕迹，一切都消失无痕。没有哪部传记或历史曾经讲述这样的故事。而小说，或许并非有意，但会不可避免地说谎。

　　所有这些名不见经传、细微琐碎的生活都值得被记录下来，我告诉玛丽·卡迈克尔，仿佛她也在场，然后想象着，走在伦敦的街道上，感受到缄口无言的隐形压力、无迹可寻的人生积累起来的重量。它们或许来自街角叉腰而立的女人，戒指勒进了她们肥硕的手指，说话的时候手舞足蹈，就像莎士比亚的语言；或许来自卖紫罗兰和火柴的姑娘，缩在门口的老妪；或许来自流浪的女孩，她们的面庞犹如阳光云影下闪烁不定的波浪，映照出男人、女人涌动而来的身影和橱窗玻璃流光溢彩的灯光。你必须要去探索，握紧你的火炬，我跟玛丽·卡迈克尔说。最重要的是，你必须照亮自己的灵魂，它的深广和浅薄，它的虚荣和慷慨；讲出你的美丽或平凡对你有何意味，你与那些日新月异的手套、鞋子，在药剂师的瓶子里散发馨香、摇摇晃晃的各种物品,大理石地板上、拱廊里琳琅满目的衣物材料,有着什么样的关系。因为,在我的想象中,我已经走进了一家商店,这里铺着黑白相间的地板,里面悬挂着各色美艳动人的丝带。我想,玛丽·卡迈克尔若是路过,也会进来瞧瞧,因为这样的胜景,如同安第斯山脉壮观的雪山高峰和岩石峡谷一般,值得一书。还有柜台后面的女孩——我想写下她的真实故事,就像老教授Z和他的同行们正在着笔书写的,拿破仑的第150本传记,济慈,以及其对弥尔顿倒装句式的第70部研究。我踮起脚尖,小心翼翼地前行(胆小如我,生怕差点落在肩头的一鞭),悄声告诉她,她要学会大笑,而不是愤世嫉俗地嘲弄异性的虚荣心——或者说,他们的特点,因为这样的表达少了一点冒犯。因为人的后脑勺有一块硬币大小的区域,自己无法亲眼看到。这倒是两性之间可以互相帮助的地方——为对方描绘后脑勺上这块硬币一样大小的区域。想想吧,尤维纳利斯①的评论和斯特林堡②的批评可是让女性获益匪浅。想想吧,自古以来,男性是多么善良又聪明地指出女性脑后那个黑暗区域!如果玛丽足够勇敢,足够诚实,她会站在异性的身后,告诉他们她发现了什么。倘若女性未能描绘出男性脑后硬币大小的区域,那么男性的完整形象将永远不会得以真实展现。伍德豪

---

① 尤维纳利斯(Decimus Junius Juvenalis),活跃在公元1世纪末2世纪初的罗马诗人。
② 奥古斯特·斯特林堡(August Strindberg,1849—1912),瑞典剧作家、小说家、诗人、画家等,代表作有《红房间》《父亲》《朱丽小姐》等。他开发了戏剧动作、语言和视觉构图的新形式,被认为是现代瑞典文学之父。1884年,他写了一部短篇小说集《结婚》,以平等的眼光呈现女性,为此在瑞典因犯亵渎罪而受审,但最终被宣告无罪。

斯先生和卡苏朋先生①典型地代表了这块区域的大小和天性。当然，任何理性尚在的人都不会建议她去刻意地嘲笑或者鄙夷——采用这种风格写出来的文学作品徒劳无益。真实表达，这样结果一定惊人的有趣。喜剧一定会变得丰满，新的事实一定会被发现。

不过，现在要将目光再次投向书页。与其猜测玛丽·卡迈克尔也许或者应该写些什么，不如来看看她实际是如何写的。所以我重新开始阅读。我记得我曾对她有些不满。她没有沿用简·奥斯汀的句子，以致我根本没有机会显摆自己无可挑剔的品味和吹毛求疵的耳朵，因为当我不得不承认她们之间毫无相似之处，就没办法说出："没错，没错，这里写得很好，但是简·奥斯汀还是比你厉害多了。"接着，她进一步打乱了序列——预期中的序列。或许她这么做是无意之举，她只是以一种女性的方式来写作，顺应事物本来的秩序。但是，效果多少让人有点困惑。我看不到波浪层层堆叠，危机待时而动。因此，我也无法吹嘘自己的情感多么深厚，对人类心灵的了解多么深入。因为在那些本该感受到特定感情的特定地方，比如爱、死亡，总会有什么恼人的东西将我推开，仿佛还没有抵达重点所在。所以她让我没法堂而皇之地发表一些诸如"基本的感情""人性的共同之处""人类心灵的深广"之类的高谈阔论。这些词汇让我们觉得，无论我们表面看起来多么聪明伶俐，内心深处依然非常严肃、非常深刻、非常仁慈。恰恰相反，她让我觉得，我们非但不严肃、不深刻、不仁慈，还思想

---

① 爱德华·卡苏朋（Edward Casaubon），乔治·艾略特小说《米德尔马契》中的人物，是一个自命不凡的中年学者，因为工作需要助手，娶了书中的女主人公多萝西娅·布鲁克。

怠惰、墨守成规——这实在是太晦气了。

不过，我继续阅读，又注意到了一些其他的事实。她不是一个"天才"——这显而易见。她不像温奇尔西伯爵夫人、夏洛蒂·勃朗特、艾米莉·勃朗特、简·奥斯汀和乔治·艾略特一样，对自然充满热爱，拥有激情澎湃的想象力、野性的诗意、聪颖的才智。她也无法像多萝西·奥斯本那样韵律和谐、带有尊严地写作——事实上，她不过是个聪明女孩儿，她的书不过十年就会被出版商淘汰、抛弃。尽管如此，她也拥有一些半个世纪之前的女性缺乏的天赋。男性不再是她的"对立面"，她不需要浪费时间抨击他们，也不用再爬上屋顶，渴望去旅行、去经历，了解曾否定她的世界和人们，她不用再为了这些毁掉一份平静的心态。恐惧和仇恨似乎已经消失了，只有当她略微夸张地表达自由的喜悦，忍不住用尖酸刻薄而非浪漫美好的语气讽刺异性时，才会露出一点马脚。毫无疑问，作为一名小说家，她的确享有一些天然的优势。她拥有宽广、热切、自由的感受力，它会对几乎微不足道的触碰作出反应。它就像一棵刚刚破土而出、迎风而立的新鲜植物，欣然沉醉于一切所见所闻。它敏感又好奇地追寻着一切未被了解和探索的事物，它点亮微小的事物，证明它们或许并非如此渺小。它让掩埋于地下的事物重见天光，让人不禁怀疑当初为何将它们埋藏。尽管她有点笨拙，不像萨克雷、兰姆那样无须刻意为之就能接续长久以来的传统，笔锋一转就能写出动听的文字。我认为，她掌握了重要的一课，她作为一名女性，而且是一名已然忽视性别的女性，去写作。所以说，尽管她的作品里充满了奇怪的性别特色，但这种特性只有在她不自知的情况下才会显露出来。

一切都是好的。但是除非她能从转瞬即逝又极为个人的经验中建立起某种持久的框架，否则那些丰富的感受力和精细的洞察力都是徒劳无益的。我曾说，我会等着看她如何应对"具体情况"。我是指她通过召唤、调度、聚合，能证明自己不是一个浅尝辄止、流于表面的创作者，而是进行了深度的探索和挖掘。在某个特定的时候，当她不用大动干戈，就能展示一切奥义，她会对自己说：就是此刻。然后她就会开始——多么明确无误的加速啊！——召唤、聚合，那些有点被遗忘、在其他章节遗漏的琐碎细节，浮上心头。在某人缝补衣物，抽烟思索时，记忆自然而然地浮现，她继续写作，而读者会觉得，仿佛站在世界之巅，一切徐徐展开，蔚为壮观。

无论如何，她正在尝试。当她为这场测试作好准备时，我看到了，但是她并没看见，主教、院长、医生、教授正在大声对她喊出警告和建议。你不能这样做，不能那样做！只有会员和学者才能踏上草坪，女士未经介绍不得入内！野心勃勃、优雅得体的女性小说家请走这边！他们看着她，就像围在竞技场围栏边的观众，她的试炼在于能否不瞻前顾后地跨越这道障碍。我告诉她，要是你停下脚步，发出诅咒，那就失败了；如果你止步不前，大声嘲笑，那就失败了；犹豫不前、跌跌绊绊，你都会失败。跳过去吧，我发出请求，仿佛我为她押上了所有赌注，她像一只鸟一样掠过。但是前路是围栏接着围栏，她是否拥有足够的力气去翻越其他的阻碍，我心存怀疑，因为掌声和欢呼会让人精疲力尽。但是她已经尽了最大的努力。鉴于玛丽·卡迈克尔并不是一个天才，只是一个在只有一间卧室兼起居室的房间里写小说的女孩，没有足够的时间、金钱和闲暇，我觉得她做得还算不错。

再给她几百年的时间，我总结道，此时我读完了最后一章——星空下，人们的鼻子和裸露的肩膀清晰可见，因为有人拉开了起居室的窗帘——给她一间自己的房间和每年五百英镑的收入,让她畅所欲言,省略现在书里一半的内容。总有一天,她会写出更好的作品。再给一百年的时间,她会成为一名诗人。我将这本玛丽·卡迈克尔的《人生的冒险》放进书架的末端。

第六章

第二天,十月的晨光透过窗帘拉起的窗户射入室内,形成一道道尘埃纷飞的光柱。街上响起车子川流不息的杂声。伦敦重新忙碌起来了,工厂开始启动,机器开始运转。在经过这一通阅读之后,抬眼看看1928年10月26日的清晨,伦敦在做些什么,这可真是太诱人了。那么,伦敦在做什么呢?似乎没有人在阅读《安东尼与克莉奥佩特拉》。伦敦对莎士比亚的戏剧漠不关心。似乎没有人在意——我并没有表示责备——小说的未来、诗歌的死亡或者普通女性发展出一套尽情表达自己思想的散文风格。哪怕是将任何诸如此类的观点用粉笔写在人行道上,恐怕也没有人会弯腰阅读。匆忙而无情的脚步,恐怕不过半个小时就会将这些痕迹抹除。来了一个送信的男孩,然后是一个遛狗的女人。这就是伦敦街道的迷人之处,没有两个人完全相同。每个人似乎都在奔赴某项私人的事务。有些人携带小包,仿佛公务人士;有些流浪汉握着木棍,敲敲打打;还有一些热心人,冲着马车上的人打招呼,街道仿佛是自家的俱乐部,即使无人问起,也要自报家门。街上还有送葬的队伍,路过的行人举起帽子致哀,随即意识到自己的生命终有一朝也会逝去。然后,一位颇有身份的绅士从台阶上缓缓走下,差点与一个忙着赶路的女士撞了个满怀,不知道通过什么样的方式,那位女士获得了一件华丽的皮毛大衣和一束帕尔玛紫罗兰。所有人看起来彼此独立,各忙各的。

此刻,交通停滞,万物悄寂,这是伦敦常有的景象。无车行驶,无人经过。街尾的梧桐树上,一片叶子飘然零落,就在这段静止的时间里。不知为何,它就像一声信号,指向一种人们常常忽略的强大力量。它似乎指向一条河流,这无形的河水流过去,绕过角落,沿街而下,裹挟着人群打着旋儿涌动,宛如"牛桥"的溪水载着乘舟而行的学生和枯亡的落叶。现在,河流穿街而过,携着一个脚穿漆皮靴的女孩和一个身穿栗色大衣的年轻男子,还有一辆出租车,三者一起汇合到了我的窗下。出租车停下,女孩和男子也驻步,他们一起上车。出租车驶走了,仿佛被不知从何而来的水浪冲向他处。

这幅画面再寻常不过,奇特之处在于,我的想象力为它增加了富有韵律的秩序。两个人一起上了出租车这种屡见不鲜的场景竟能传达出一种心满意足的情绪。看着出租车转弯驶走,我心想到,二人沿街而来,在街角相遇的景象似乎缓解了某种精神上的紧张感。就像我这两天一直在思考的那样,或许将两种性别区别对待需要付出一些努力,它干扰了思维的一致性。此时,这两个人走到一起,乘车离开的一幕,中断了这种努力,思维的一致性又恢复如初。大脑是一个神秘的器官,我们对它一无所知,却完全依赖于它。我将视线从窗外调转回来。为什么我会觉得心智中存在裂痕和矛盾,就像身体会因为某种原因而感到紧张?我在思考"心智的一致性"究竟是什么意思?毕竟,很显然,心智有一种强大的能力,它无时无刻不聚焦在某一点上,以至于根本没有什么单一的存在状态。比如说,它可以让自己隔绝于街上的人潮之外,孑然独立,想象自己正在楼上的窗口俯瞰。或者,它可以自然而然地与他人共同思考,譬如,在人群里等候聆听某则消息的宣读。它也可以经由自己的父辈或母辈思考,正如我说过女性的写作会借由母亲的视角进行反思。如果一个人是女性,她就常常会因为自己出现意识分裂而惊讶不已,比方说,要是走在怀特霍尔街①上,她就会从文明的内部继承者,突然变身为局外人,采取一种敌对和批判的态度。显而易见,我们的思维总在转换焦点,以不同的视角观察世界。有一些心境会让人不适,即使它们的出现自然而然。为了保持某种状态,我们无意识地压抑一些东西,久而久之,这种压抑就让人殚精竭虑。或许存在着某种心态,我们可以从心所欲、毫不费力,因为没有什么需要被抑制。从窗边走回来时,我心想,这或许就是其中之一吧。当我看着两个人坐上出租,分裂的思绪再次自然融合。一个很鲜明的理由是,两性的合作再自然不过。男女之间的结合会带来最强烈的满足和最完整的幸福,这是我们纵然不太理性,但深入人心的本能直觉。我继续以自己业余的笔触试图勾勒出一张灵魂的

---

① 怀特霍尔(Whitehall)街是伦敦市中心威斯敏斯特区的一条街道,连接着议会大厦和唐宁街,沿街坐落着英国的许多政府机构。

计划图，我们每个人的内心，都由两种力量主导，一种是男性的，一种是女性的。在男性的大脑里，男性力量为主；在女性的大脑里，女性力量优先。当两种力量和谐共处、互相合作时，我们的精神状态最为正常和舒适。男性的大脑依然会受到女性力量的影响，女性的思维也会受到男性力量的干涉。当柯勒律治说，伟大的思想是雌雄同体的，他的意思大抵如是。只有当两种力量充分交汇时，大脑才能思若泉涌并且尽显其能。纯然的男性思维，或许是缺乏创造力的，纯粹的女性思维也如是。不过，我们还是停一停，读一两本书，看看女性化的男人，以及男性化的女人究竟是什么意思。

当柯勒律治说，伟大的思想是雌雄同体的，他一定不是意指伟大的思想怀着对女性的同情，或者说，伟大的思想会支持女性或者深入地研究女性。或许雌雄同体的思想，要比单一性别的思想更难区分个中差别。他或许是指，雌雄同体的思想会引发共鸣，让人感同身受，能够毫无障碍地传递情感，天然地独具匠心、激情四溢、浑然一体。事实上，我们可以将莎士比亚的思想视为雌雄同体中女性化的男人的典型代表，尽管我们不太可能说清莎士比亚对女性抱有什么样的看法。如果说成熟思想的标志是它不会特意或单独地考虑性别，那么如今要达到这种状态，要比过去难多了。我翻开尚且在世的作家的作品，停下来思考这个长期以来困扰我的问题，其根源是否就在此？没有哪个时代像我们今天这样，性别意识如此自觉；大英博物馆里，那不计其数的男性讨论女性的作品就是明证。妇女参政运动绝对是罪魁祸首。因为它一定唤起了男性迫不及待自我主张的强烈欲望。倘若没有遭受这番挑战，他们必定不费心思考自己的性别及其特点。不过，若是遇到挑战，就算它来自一些戴着黑帽的女人，他们也必然奋起反击；要是这种挑衅前所未有，他们甚至会反应过度。这或许可以解释我在这里发现的某些特征，这么想着，我从书架上拿下一本Ａ先生新出的小说。Ａ先生正值壮年，很显然，在评论家那里也颇受好评。我打开这本书，很开心又读到了男性的文字。与女性的作品相比，男性的文风是如此的直接、坦率，这意味着作者思想自由，人格独立，极为自信。面对这样吸收了充足营养，接受过良好教育，从未遭遇干扰和阻挠，自出生起就随其所愿、充分生长的自由思想，读者会油然生出一种身心舒展的幸福感。这样的一切谁不欣羡呢？不过一两个章节以后，一道阴影似乎横亘在书页中间。那是一道笔直的黑杠，形成了一个类似字母"I"的阴影。于是我们就会四处游移、闪躲，试图瞥见它身后的风景。那究竟是一棵树，还是一个行走的女子，我不太确定。我们总是跟"I"打上照面，甚至开始有点不厌其烦。尽管这个"I"德高望重，为人诚实，逻辑清晰，坚韧不拔，数百年来浸润在良好的教养和悉心的照顾之中，我发自内心地尊敬和景仰这个"I"，但是——我翻了一两页，搜寻着某个东西——最糟糕的是，在字母"I"的阴影之下，一切都模糊不清，如坠迷雾。那是一棵树吗？不，那是一个女人。可是……她似乎柔若无骨，我看着菲比——这就是她的名字——穿过沙滩。接着艾伦站起身来，他的影子立刻就遮住了菲比。因为艾伦有自己的想法，而菲比在他洪流般的想法中湮没无闻。而且，我想，艾伦拥有激情，我快速地翻动书页，感觉危机正在迫近，而事实确实如此。它发生在沙滩上、太阳下，光天化日，而且非常激烈。没有比这更下流的事情了。但是……我说了太多的"但是"，不能再说了。可你必须把话说完，我自责道。那就说吧，"但是——我烦透了！"可是，我为什么烦透了？一部分原因是"I"这个字母一手遮天，就像一棵巨大的山毛榉树，它的阴影之下，一片荒芜、寸草不生。还有一些更隐晦的原因。在A先生的思想中似乎存在某种障碍，滞塞了创造力源泉的喷涌，而让它陷入逼仄的桎梏。想起"牛桥"的午餐派对、弹落的烟灰、无尾猫、丁尼生、克里斯蒂娜·罗塞蒂等，阻碍似乎就在那里。当菲比穿越沙滩，他不再低吟"一滴璀璨的泪珠滴落，来自门前那朵西番莲"；当艾伦走近，她也不再回应，"我的心如歌唱的小鸟，巢穴高居水畔的幼枝"。那么，他能做什么呢？如白昼般诚实，如日光般理智，他只能如此。为表光明磊落，他还一而再，再而三（我翻动书页）地做下去。而这——我知道这种自白很烦，但还是要多说一句——似乎太乏味了。莎士比亚的不雅措辞会在读者的脑海里激荡起无数思绪，唯独没有乏味。不过，莎士比亚这么做是为了取乐，而A先生，正如护士们所说，是有意为之。他是为了抗议。他彰显自己的优越，以示对两性平等的抗议。因此，他才遭遇阻挠，受到限制，自我意识过剩，要是莎士比亚也认识克拉夫小姐和戴维斯小姐①的话，他大致也逃不过这些。毫无疑问，如果妇女运动始于16世纪而非19世纪的话，伊丽莎白时代的文学将大为不同。

如果思想拥有两面这样的论点是正确的，那么，这就意味着男子气概现在已经成了一种自我意识——也就是说，男性，只用他们大脑中男性的一面在写作。对女性来说，阅读这样的作品是错误的，因为她们所要寻找的东西，永远都没法从中找到。我想，一个人最缺的是

---

① 克拉夫小姐和戴维斯小姐（Miss Clough and Miss Davies）分别指安妮·克拉夫（Anne Jemima Clough，1820—1892）和艾米丽·戴维斯（Emily Davies，1830—1921），是英国早期女权主义者和女性高等教育的推动者。

建议的力量,于是我拿起手头B先生的批判著作,开始阅读,非常细心又负责地品读他对诗歌艺术的高见。这些评论尽善尽美、言辞犀利、引经据典,但问题在于,他的感觉不再拥有沟通的能力,他的思想似乎被分隔在不同的房间,没有一个声音可以从一间传到另一间。因此,要是有人记住B先生的警句,这句子就会落地而死;但若有人记下柯勒律治的句子,它就会怦然爆裂,激荡思绪万千,而这样的作品,我们才可以称之为永生之作。

但不论原因为何,这都是一个让人唏嘘的事实。因为这意味着——此时我已经来到了高尔斯华绥①和吉卜林②的几排书前——一些当今最伟大的作者们最出色的作品恐怕曲高和寡。一个女性,不论多么努力,都没法在这些作品中找到评论家们承诺的永生之泉。这不仅是因为,这些作品歌颂男性的美德,巩固男性的价值观,描绘男性的世界;更是因为这些书籍中蕴含的情感是女性所无法理解的。结束远未来临,就有人在说,它要来了,它在积攒,它将抵达高潮。那幅画面会落入老乔林的脑海,他会震惊而死,老牧师将会为他念上两三句讣告,泰晤士河上所有的天鹅将同时引吭高歌。不过,在这一切发生之前,我们早就仓皇逃开,躲进醋栗丛中,因为这种对男性来说如此深刻、如此微妙、如此富有象征意义的情感,只会让女性心生诧异。吉卜林笔下背过身的军官们,播撒"种子"的"播种者",独自

---

① 约翰·高尔斯华绥(John Galsworthy,1867—1933),英国小说家、剧作家,代表作有《福尔赛世家》三部曲和《现代喜剧》三部曲。
② 鲁德亚德·吉卜林(Rudyard Kipling,1865—1936),英国小说家、诗人,代表作有《丛林之书》《老虎!老虎!》等,1907年获得诺贝尔文学奖。

"忙活"的"人们",还有那面"旗帜"——引号内的文字会让人面红耳赤,仿佛在偷听某些只限男性参与的纵情狂欢时,被逮了个正着。事实上,不论是高尔斯华绥先生,还是吉卜林先生,他们身上都没有一丝女性痕迹。因此,简而言之,他们的所有特质,在女性看来,都是粗糙而且不成熟的。他们缺乏启示性的力量。一本书,如果没有发人深省的力量,不论它多么努力地振聋发聩,都无法抵达读者的内心。

我抽出书本,又原封不动放回,在一种焦躁不安的心情里,我开始设想一个纯粹而自负的阳刚之气的时代即将来临,就像教授们的信件(比如说沃尔特·罗利爵士①的信)里预言的那样、意大利的统治者们已然树立的那样。因为在罗马,人们很难不对那种不折不扣的男子气概印象深刻,不管这种气概对国家有何种价值,我们还是会质疑它对诗歌艺术产生的影响。无论如何,根据报纸的报道,意大利人对小说心生担忧。学者们为了"推进意大利小说的发展"而召集了一次会议。"一群出身显赫,或者在商业、工业以及法西斯团体中颇有影响力的男士"聚集在一起,讨论这个问题。他们还给领袖发了一封电报,期望"法西斯时代即将诞生一位当之无愧的诗人"。我们或许可以一起虔诚祝祷,但诗歌能否从这个孵化器中破壳而出则让人怀疑。诗歌不止该有个父亲,还要有个母亲。法西斯的诗歌,恐怕是一个面目可怖的流产儿,就像我们兴许会在某个小镇博物馆的玻璃罩里看到

---

① 沃尔特·罗利爵士(Sir Walter Raleigh,1552—1618),英国政治家、军人、作家、探险家。他在英国对北美的殖民统治中发挥了主导作用,参与镇压了爱尔兰的叛乱,为保卫英格兰参与了对抗西班牙无敌舰队的战争。

的那样。据说,这样的怪胎从来都活不长。人们从不曾见过这样的人在田间锄草。一个身体两个脑袋的生物无益于延年益寿。

然而,如果我们急于寻找这一切的罪魁祸首,那么,没有哪一个性别应该独担罪责。所有的诱惑者和改革者都该为此负责。对格兰维尔男爵撒谎的贝斯伯勒夫人,跟格雷格先生道出真相的戴维斯小姐,所有唤起性别意识的人都难辞其咎。当我想要在一本书里大显身手,他们驱使我去那个幸福的时代探寻,那时候戴维斯小姐和克拉夫小姐尚未出生,作家们使用自己大脑的两面。那么,我们必须回到莎士比亚的时代,因为莎士比亚拥有雌雄同体的思想,济慈、斯特恩、考珀、兰姆和柯勒律治也是。雪莱或许是无性别的。弥尔顿和本·琼生的作品中男性气息过浓。同样的还有华兹华斯和托尔斯泰。在我们这个时代,普鲁斯特是全然雌雄同体的,或许女性气息更多一点。不过这种失衡的状态太过稀有,我们根本不该心生怨言,因为思想若是不曾含混杂糅,理智必然会占了上风,大脑的其他能力便会变得僵硬又贫瘠。然而,我自我安慰道,这或许只是个过渡阶段。对于未成年的你们来说,我在履行自己的承诺,向你们阐述我的心路历程时所说的很多话,终会显得不合时宜,我眼睛里闪烁的那些火花,终会晦暗不明。

即便如此,我走到写字桌旁,在题为《女性与小说》的那一页,打算写下的第一句话就是:对于写作的人来说,念念不忘自己的性别是致命的;简单而纯粹地只是作为一名男性或者一名女性是致命的;写作的人必须成为女人般的男人或者男人般的女人。女性作者一味强调自己的委屈,即使是以正义之名辩护,带着女性的意识去做任何的表达,也是致命的。致命这个词绝非夸张,因为任何带有这种意识偏见的作品注定会死亡。这样的文字没有生命力，或许在短暂的一天两天，璀璨夺目、志得意满、声势浩大、文笔精湛，夜幕降临之时，它就会倾颓凋谢，它无法在他人的思想中生根发芽。在创造的艺术完成之前，大脑中男性的一面与女性的一面必须共同协作。对立的两性必须达成联姻。作者若要尽情地分享自己的体验，思想就要充分敞开。这里必须自由而平和，没有一只车轮滚动，没有一抹微光闪烁，窗帘必须紧闭。我想，一旦将自己的经历和盘托出，作家必须仰卧在地，让自己的大脑在黑暗中庆祝这场盛大的联姻。他不应查看，也不应质疑完成了什么样的作品。相反，他应该摘下一朵玫瑰的花瓣，或者遥望天鹅在平静的河水中浮游。我又看到载着小船、大学生和落叶的水流；带走男人和女人的出租车，我想，看着他们穿街而过，我想，远远传来伦敦交通的轰鸣声，河流将他们荡开，汇入巨大的洪流。

　　到了这里，玛丽·伯顿停止了讲话。她已经告诉你她是如何得出这个结论——这个平淡无奇的结论——如果想写小说或者诗歌，你必须每年有五百英镑的收入和一个带锁的房间。她试图巨细靡遗地和盘托出让她得出结论的思绪和印象。她请你跟随她奔向执事的臂膀，在这里用午餐，在那里吃晚餐，在大英博物馆画画，从书架上拿书，看窗外的风景。在她做这些事情的时候，你无疑会观察到她的失误和毛病，并且判断这些问题对她的观点会产生什么样的影响。你们一直对她指手画脚，不断地补充和演绎。一切本应如此，因为面对这样的问题，只有将诸种错误权衡比较，才能得出真相。现在，我会亲自下场，预先提出两种批评，它们是如此显而易见，你们一定早有准备。

　　你或许会说，即使作为作家，关于两性优势的比较，你也没得出什么结论啊。这是有意为之，因为，即使已经到了需要这种评估判断的时候——此刻，相比于概括女性的能力，更重要的是要知道她们有多少钱、多少房间——我也不相信这种天分，不论是思绪还是性格，可以像糖和黄油一样称斤论两，就算在剑桥也不行，那个地方如此善于将人分门别类，戴上不同的帽子，加上不同头衔。我不相信《惠塔克名录》中的排序表代表着最终价值的论定。我也不认为在参加晚宴时，拥有巴斯勋士爵位的将军应该排在精神健康监管员的后面。煽动一种性别去反对另一种性别，抬高一种品质来贬损另一种品质；声称社会地位有高下之别，诸如此类的行为都属于人类的小学阶段，在那里，两派分庭抗礼，一方必须打败另外一方，走上领奖台，从校长那里领取一个花里胡哨的奖杯是至关重要的事情。一旦长大，大家就不再相信两派对垒、校长，还有花里胡哨的奖杯。不论如何，谈到书籍，要想给它们贴上价值标签，还要永不脱落，那简直是众所周知的难之又难。当代文学评论的现状，不就是评判之难的生动证明吗？"这部伟大的作品"，"这本一无是处的破书"，同一本书会收获截然相反的评价，褒扬或贬损都毫无意义。不，品高论低作为消遣的确有趣，但是作为工作却最是无用，若是真听从评判者的判断，那就太过卑躬屈膝。只要你能写出想写的东西，那便足矣。这作品究竟会永垂后世还是昙花一现，没人能预言。但若牺牲自己的一点见解，减损一点颜色，只为迎合手握铜壶的校长或者衣袖藏尺的教授，那才是最卑劣的背叛。相比之下，人们眼中人类最大的灾难——财富和贞洁的丧失——不过是蚊虫的叮咬罢了。

接下来，我猜你会反驳，我太过强调物质的重要性。即使将之视为拥有许多阐释空间的象征手法，比如说每年五百英镑代表着沉思的力量，门上的锁意味着独立思考的能力，你可能还是会说，思想应该超越这些东西,伟大的诗人往往贫困落魄。那就让我来引用一下你们的文学教授的话——他一定比我更了解是什么成就了一个诗人——阿瑟·奎勒-考奇爵士①写道:

过去的一百年来,最伟大的诗人有谁?柯勒律治、华兹华斯、拜伦、雪莱、兰德②、济慈、丁尼生、勃朗宁、阿诺德③、莫里斯④、罗塞蒂⑤、斯温伯恩⑥——大概就是这些。当然,除了济慈、勃朗宁、罗塞蒂,其他人都上过大学。而在这三个例外中,只有英年早逝的济慈生活贫苦。这么说或许有点残忍,也让人悲哀:但是,事实上,写诗的天分随机而生,不分高低贵贱,这种说法其实是站不住脚的。就事实而言,这12个人里,9个是大学生,这就意味着不管怎样,他们能够获得英国所能提供的最好教育。而另一个事实是,剩下的3个人里,勃朗宁家境富裕,我敢说,

---

① 阿瑟·奎勒-考奇爵士(Arthur Quiller-Couch, 1863—1944),英国作家、文学批评家,代表作有《辉煌的篇章》《诗与谣曲》等。
② 沃尔特·萨维奇·兰德(Walter Savage Landor, 1775—1864),英国作家、诗人,诗歌代表作为《生与死》。
③ 马修·阿诺德(Matthew Arnold, 1822—1888),英国诗人、文化评论家,代表作为《批评集:1865》。
④ 威廉·莫里斯(William Morris, 1834—1896),英国诗人、设计师、艺术家,代表作有奇幻小说《世界之外的森林》《世界尽头的水井》等。
⑤ 但丁·加布里埃尔·罗塞蒂(Dante Gabriel Charles Rossetti, 1828—1882),英国诗人、插画家、翻译家,代表作有《生命之屋》等。
⑥ 阿尔加侬·查尔斯·斯温伯恩(Algernon Charles Swinburne, 1837—1909),英国诗人、小说家、评论家,代表作为《卡里顿的阿塔兰达》。

如果他生活清贫，那一定写不出《扫罗》和《指环与书》，正如若非父亲生意兴隆，拉斯金①也写不出《现代画家》一样。罗塞蒂有点个人收入，而且他还会画画。那就只剩下济慈了，命运女神阿特罗波斯早早地终结了他的生命，就像她在疯人院里带走了约翰·克莱尔②，又让詹姆斯·汤姆森③因服用麻醉剂以逃避绝望而最终殒命。这些事实非常可怕，但让我们来直面它们。可以确定的是——不论这一点会如何让我们的国家名誉受损——因为我们联邦的某些问题，贫困落魄的诗人，两百年来，甚至直到今天，都没有什么出头的机会。相信我——过去十年之久，我花费了许多时间，观察了大约320所小学——在英国，我们或许可以滔滔不绝地大谈民主，而事实是，一个出身贫穷的孩子获得智识自由——也就是伟大著作得以诞生的基础——的机会，并不比雅典奴隶的儿子更多。④

没有人能比他更清晰地指明这一点。"贫困落魄的诗人，两百年来，甚至直到今天，都没有什么出头的机会……一个出身贫穷的孩子

---

① 约翰·拉斯金（John Ruskin, 1819—1900），英国作家、哲学家、艺术评论家等。代表作为《现代画家》。
② 约翰·克莱尔（John Clare, 1793—1864），英国诗人，农场工人的儿子，以描写自然世界和乡村生活而闻名，因身心健康问题，几次进出精神病院，最后在北安普顿疯人院度过余生。
③ 詹姆斯·汤姆森（James Thomson, 1834—1882），苏格兰记者、诗人、翻译家，代表作有《城市的厄运》《风向标的故事》等。
④ 阿瑟·奎勒-考奇爵士，《写作的艺术》。（原文注）

获得智识自由——也就是伟大著作得以诞生的基础——的机会，并不比雅典奴隶的儿子更多。"正是如此。智识的自由有赖于物质基础。诗歌的创作有赖于智识的自由。女性一直贫困，不只是这两百年来，自古以来都是如此。女性的智识自由要比雅典奴隶的儿子更少。因此，女性没有什么写诗的机会。这就是我为何如此强调金钱和一间自己的房间。不过，多亏了过去那些默默无闻的女性的奴隶，我真希望能对她们有更多的了解，也多亏了两次世界大战，以及克里米亚战争能让弗洛伦斯·南丁格尔走出客厅，大约六十年后，欧洲的战争为普通女性敞开大门，这些弊端才得以改善。若非如此，今夜你或许不会在这里，而你们每年赚到五百英镑的机会将无限渺茫，即使到了今天，或许也微乎其微。

不过，你或许还要反驳，既然照我的说法，女性创作困难重重，或许会致使一位姑母被谋害，或许让人在午餐时迟到，或许会在友好的同伴之间引发激烈的争吵，那为何还要如此强调女性写作的重要性？我承认，我的动机有一部分出于自私。就像许多没有接受过教育的英国女性一样，我喜欢阅读——我喜欢大量阅读。最近我的精神食粮有点乏善可陈，历史大多关于战争，传记大多记述伟人，诗歌似乎，我觉得，显出了贫瘠的迹象，而小说——我已经充分暴露了自己在现代小说批评方面的无能，就不再赘述。因此，我希望你们去写各种各样的书，不用顾忌主题宏大还是内容琐碎。不论用何种方式，我希望你们有足够的钱去旅行，去闲逛，去思考世界的未来或过去，在书中神游，去街角游荡，让思想的钓线垂入溪流。我绝不是要将你们局限于小说。如果是为了取悦我——毕竟有成千上万个我这样的人——你可以去写游记、历险故事，去写学术研究作品，去写历史和传记,去写批评、哲学和科学著作。这些会有助于小说艺术的发展。因为书籍可以互相影响。倘若与诗歌和哲学并肩而立,小说一定会变得更好。此外,如果你能想象过去的伟人,比如萨福[①]、紫式部[②]、艾米莉·勃朗特,就会发现她既是一个继承者,也是一名创造者,她能名留历史,说明女性已经自然而然地养成了写作的习惯,所以,哪怕只是写一篇诗歌的序章,你的创作已然无比可贵。

但是当我回头阅读这些笔记,并检视我在做这些笔记时候的思路,我发现我的动机并非纯然自私。在这些评论和讨论中,贯穿着这样一种信念——或者应该称之为直觉?——那就是好的作品令人神往,而好的作家,即使他们展现出了人类的诸种弊病,已然不失为一个好人。因此,当我希望你们去写更多的作品时,我是在督促你们去做对自己和世界都有益的事情。如何直面这种本能或信念的合理性,我不知道,因为如果一个人没有接受过大学教育,就很容易因为一些哲学词汇而误入歧途。"现实"是什么意思?它似乎是一种非常不稳定、不可靠的东西——时而出现在尘土飞扬的马路上,时而闪现在街头的小报中,时而隐匿在阳光下的水仙花里。它会启发房间里的一群人,也会印证一些随心所欲的说法。它笼罩着星夜回家的旅人,也让沉默比喧哗更显真实——然后它又出现在皮卡迪利大街喧闹的公交车上。有时候,它似乎其形莫辨,我们无从琢磨其本质。不过,一旦触

[①] 萨福(Sappho, 630 BC—570BC),古希腊诗人,被认为是古代最伟大的抒情诗人之一,并被赋予"第十缪斯"和"女诗人"等称号。

[②] 紫式部(Lady Murasaki, 973—1014或1025),日本平安时代中期女性作家、和歌作家,代表作为《源氏物语》。

及某物，它必定安得其所，并成为永恒。那是白昼隐进树篱的影踪、过往时光和爱与恨的遗迹。我认为，现在的作家，要比其他人更可能活在当下。因为寻找现实、收集现实，然后分享出去，这是作家的职责所在。至少在阅读《李尔王》《爱玛》《追忆似水年华》时，我生出了这样的推断。因为阅读这些书似乎对我们的感官进行了一场神奇的手术，阅读之后，我们耳聪目明，世界似乎褪去了层层掩饰，变得显明而深刻。那些与非现实为敌的人，惹人艳羡；那些茫然无识、被击倒在地的人，让人可怜。所以，当我要求你去赚钱并且拥有一间属于自己的房间，我是在要求你生活在现实之中，去过上一种令人振奋的生活，不论能否传达给他人。

演讲本该就此结束，但遵照惯例，所有演讲的结尾都必须总结陈词。我想你也同意，面向女性的演讲应该以一些志存高远、让人振奋的内容收尾。我应该恳求你们，要牢记自己的责任，奋发向上，追求精神境界；我应该提醒你们，有多少东西仰赖你们，你们会对未来产生多大的影响。不过这些谆谆教诲不妨放心地交给另一个性别去完成，他们必定口若悬河，比我更胜任这样的表达。当我搜肠刮肚地思索，我没有找到什么崇高的情感，譬如同心共济，追求平等，共筑更美好的世界。我的愿望简单又朴素，那就是，成为自己比什么都重要。要是说得更好听一点，那就是，不要梦想去影响他人。思考事情本身。

在翻阅报纸、小说和传记的时候，我又被提醒，当一个女性要跟其他女性说话的时候，总要有所保留。女人总是为难女人，女人不喜欢女人。女人——这样的陈词滥调，你难道没有厌烦透顶吗？我可以向你保证，我烦透了。那么，让我们达成协议，一个女性向其他女性发表的演讲，应该有点不怎么好听的东西作为结尾。

那要怎么说呢？我能想出点什么花样？事实是，我喜欢女性。我喜欢她们的不循传统。我喜欢她们的完整性。我喜欢她们的匿名。我喜欢——但我不能继续下去了。那边的橱柜——你说那里只有干净的餐巾，但万一阿奇博尔德·博德金爵士[1]躲在里面呢？那么让我换用一种更严肃的口吻。在前面的话里，我是否已经充分地让你们意识到男性的警告和谴责？我告诉你们奥斯卡·勃朗宁先生的蔑视。我提到了曾经的拿破仑和如今的墨索里尼如何看待女性。然后，考虑到你们有人想从事小说写作，我摘录了批评家们的建议：要求你们勇敢地承认自己性别的局限。我还使用了X教授的原话，重点强调他的观点，即女性在智力、道德和身体上都逊色于男性。我将我所亲历而非远寻的一切都悉数奉上。还有最后一条警告——来自约翰·兰登-戴维斯[2]先生，他警示女性"当人类不想再繁衍后代，女性也就没有存在的必要了"[3]。我希望你们记住这个警告。

我要如何才能进一步鼓励你们去用心生活呢？年轻的女士们，我想说，请注意，因为演讲要开始了。在我看来，你们无知到可耻的地

---

[1] 阿奇博尔德·博德金爵士（Sir Archibald Bodkin, 1862—1957），英国律师，1920—1930年间担任英国皇家检察署检察长，特别反对他所认定的"淫秽"内容的发表。

[2] 约翰·兰登-戴维斯（John Langdon-Davies, 1897-1971），英国作家、记者，曾在西班牙内战和苏芬战争期间担任战地记者。由于在西班牙的经历，他为西班牙的难民儿童创立了寄养父母计划，即现在的援助组织。1927年出版作品《女性简史》。

[3] 约翰·兰登-戴维斯，《女性简史》。（原文注）

步。你们从来不曾有过任何重要的发现。你们不曾撼动过一个帝国，不曾领兵打仗。你们不曾写出过莎士比亚的喜剧，也从未给野蛮的部族带去文明的火种。对此，你们有什么借口？你们或许会一边指着全世界的街道、广场和森林，黑人、白人和棕种人，他们忙于走路、忙于干活、忙于谈情说爱，一边说，我们手头还有其他的工作。没有我们的努力，海洋就不会有船只航行，沃土会变成沙漠。我们生育、抚养、洗涤、教育了十六亿两千三百万人，这是统计出来的世界上所有的人口，直到他们六七岁，就算有人相助，那也要耗费时间。

你们说的没错——我无可否认。但我同时要提醒你们，自1866年以来，英国已经有两所女子学院；1880年后，依据法律，已婚女性可以拥有自己的财产；1919年——也就是九年以前——女性获得了投票权。我还要提醒你们，大多数职业对女性开放已近十年？考虑到你们享有的巨大特权，以及享有这些特权的时间，以及此时一定有大概两千名女性能够通过某种方式每年赚到五百英镑的事实，你们就会同意，缺少机会、培训、鼓励、闲暇和金钱的借口已经不再成立。此外，经济学家们还告诉我们，塞顿夫人生了太多的孩子。当然，你必须继续生孩子，但是他们会说，生两三个就好，十几个二十几个就太多了。

因此，如果你们有点闲暇，读过一些书——至于另外的知识你们已经学得够多了，被送去学校的部分原因，我猜不是为了教育——当然，你们应该踏上另一个阶段：极为漫长、极为辛苦、极为晦暗的职业生涯。无数的建议已经准备好告诉你们应该从事什么，应该产生什么样的影响。我的建议，我承认有点离奇，所以我更愿意以虚构的形式讲出来。

我在本文中告诉你们，莎士比亚有个妹妹，但是不要去西德尼-李的传记中寻找她的踪迹。她英年早逝——哀哉，她从来不曾写下只言片语。她被埋葬在大象和城堡对面的公交车站。现在我相信这个从来不曾留下文字，被埋葬在十字路口的诗人仍然活着。她就是你们和我，还有许多今晚不在这里的女性，因为她们要清洗盘子，要哄孩子睡觉。但是她还活着，因为伟大的诗人不会死去，她永生不灭，一有机会就走近我们身边。我想，这个机会现在你们能够给她。因为我相信，如果我们还能再活一百年左右——我是指所有人真正的共同生命，而非我们作为独立个体的微小寿命——每年拥有五百英镑，一间自己的房间；如果我们拥有了自由的习惯，勇敢地直抒胸臆；如果我们稍微逃离公共起居室，不总在彼此的关系中看到人类，而是在与现实的关系中看到人类，还有天空、树木，乃至所有事物本身；如果我们能透过弥尔顿的幽灵进行观察，因为没有人的视线该被阻挡；如果我们直面现实，因为现实就是没有胳膊可以依傍，只能独自前行，我们面向的是现实的世界，而非男人和女人的世界；那么机会就会降临，死去的诗人，也就是莎士比亚的妹妹，就能死而复生。她将从那些未知先驱者身上汲取生命，正如她哥哥所做的那样。她将会降生。如果没有这种准备，没有我们的努力，没有重生后就尽情生活和写诗的决心，那我们就无法期待她的复生，因为那是不可能的。但是我依然坚持，如果我们为她做好准备，她就会到来，而这样的准备，即使要在贫穷落魄和默默无闻的处境中进行，那依然值得。

图书在版编目(CIP)数据

一间自己的房间/(英)弗吉尼亚·伍尔夫著;董灵素译. —武汉:华中科技大学出版社,2024.3
ISBN 978-7-5772-0356-0

Ⅰ.①一… Ⅱ.①弗… ②董… Ⅲ.①妇女文学－文学评论－世界 Ⅳ.①I106

中国国家版本馆CIP数据核字(2024)第040163号

一间自己的房间　　　　　　　　　　　　　(英)弗吉尼亚·伍尔夫　著
Yijian Ziji de Fangjian　　　　　　　　　　董灵素　译

策划编辑：饶　静
责任编辑：孙　念
封面设计：琥珀视觉
责任校对：王亚钦
译　　者：董灵素
责任监印：朱　玢
出版发行：华中科技大学出版社(中国·武汉)　　电话：(027)81321913
　　　　　武汉市东湖新技术开发区华工科技园　　邮编：430223
录　　排：孙雅丽
印　　刷：湖北新华印务有限公司
开　　本：880mm×1230mm　1/32
印　　张：4.625
字　　数：107千字
版　　次：2024年3月第1版第1次印刷
定　　价：49.00元

本书若有印装质量问题,请向出版社营销中心调换
全国免费服务热线：400-6679-118　　竭诚为您服务
版权所有　侵权必究